SUR MES ÉPAULES,
TU BÂTIRAS TON MONDE

JULIEN AIME

SUR MES ÉPAULES, TU BÂTIRAS TON MONDE

roman

ARCHIPOCHE

Collection « Instants suspendus »
dirigée par Virginie Fuertes

Retrouvez Julien Aime sur :
Facebook : @julienaime8
Instagram : @julienaime8

Notre catalogue est consultable à l'adresse suivante :
www.archipoche.com

Éditions Archipoche
92, avenue de France
75013 Paris

ISBN 979-1-0392-0294-7

PREMIÈRES SEMAINES

1

Lorsque Louis Le Gall rentra chez lui ce soir-là, il n'imaginait pas qu'il était sur le point de devenir l'homme le plus heureux du monde.

Oui, dans exactement soixante-deux minutes, il serait plus heureux que trois milliards sept cent cinquante mille hommes sur Terre.

Heureux, Louis l'était déjà. Sur une échelle de un à dix, il aurait été bien incapable de quantifier ce bonheur, car on ne connaît pas ses limites, et on ne sait jamais ce que l'avenir nous réserve. Vous par exemple, savez-vous à quel moment vous avez été le plus heureux ? Aujourd'hui ? Il y a deux ans ? Cinq ans ?

Si vous lui aviez posé la question à ce moment précis, sur ce trottoir qu'il empruntait chaque jour pour rentrer chez lui, Louis vous aurait répondu qu'il n'aurait absolument rien changé à l'existence qu'il avait construite : son métier de professeur de français le passionnait, il avait des amis fidèles et surtout il était marié à Anna, la femme de sa vie.

Dire que Louis aimait Anna était sans doute trop faible. Il l'adorait. Et encore, ce mot n'était pas assez fort ! Avant elle, Louis n'avait vécu qu'à moitié. Anna avait rempli ce vide qu'il avait toujours ressenti, et elle lui avait offert un nouveau monde aux horizons merveilleux.

Ils s'étaient rencontrés à dix-huit ans, en première année de fac de lettres. Il n'avait fallu à Louis qu'un seul battement de paupières pour savoir que c'était elle. Celle qu'il attendait.

Anna serait son premier et unique amour.

Louis n'avait connu aucune autre femme avant elle. Il avait bien eu une copine en primaire, Elsa Valois, mais un bisou entre un chat perché et un colin-maillard ne compte pas. Et au lycée, il avait embrassé deux filles, mais il n'était jamais allé plus loin que des caresses tremblantes. Il y avait d'abord eu Marie Girard dans la pénombre d'une salle de cinéma devant le film *Aviator*. Louis avait trouvé le film long et ennuyeux, il se moquait éperdument de la vie de ce milliardaire drogué et fou, mais surtout il avait très vite compris que Marie était plus sensible à la plastique de Leonardo DiCaprio qu'à ses timides approches. Ce fut leur unique baiser, si l'on peut appeler un baiser, un roulage de pelle arraché au générique de fin. Et ensuite, Julie Fournier, le soir de son anniversaire. Il se rappelait encore les cris et les applaudissements de leurs camarades lorsque leurs lèvres maladroites s'étaient unies sur la piste de danse au son de « Still Loving

You » de Scorpions. Louis avait peu de souvenirs de cette courte période. Il se rappelait seulement que, faute de pouvoir se retrouver seuls dans la chambre de l'un ou de l'autre, ils se donnaient rendez-vous après les cours au McDo ou dans le square en bas de chez elle pour s'embrasser. Julie était une fille timide, elle rougissait dès que ses mains descendaient sur ses seins, elle était encore vierge, comme lui, et Louis n'osa jamais aller plus loin. Aussi, lorsqu'elle quitta la région parisienne pour Aix-en-Provence, Louis crut avoir laissé passer sa chance de devenir un homme, et regretta longtemps ces occasions ratées. Il lui écrivit même une chanson « Mon ex en Provence » qu'il ne lui envoya jamais.

Ces trois amourettes étaient bien loin de Louis désormais. Il n'y repensait jamais, et surtout ses sentiments d'alors ne représentaient rien face à l'émoi que la beauté d'Anna avait immédiatement provoqué en lui.

Louis se souvenait parfaitement de la première fois qu'il l'avait vue. C'était le jour de la rentrée en fac de lettres. Il se demandait s'il allait retrouver des visages connus ou s'il allait devoir forcer sa nature et aller vers les autres pour se faire de nouvelles relations. Ses deux meilleurs amis, Olivier et Jonathan, étaient partis faire les Beaux-Arts. Louis avait longtemps hésité à les imiter, mais il s'était finalement laissé convaincre par les remarques élogieuses de sa professeure de lettres, Mme Belfort, qui lui trouvait un talent certain : « Vous êtes un littéraire, Louis, alors écrivez, écrivez toujours, des poèmes, des romans, des nouvelles, ce que vous voulez, mais n'abandonnez jamais ce don. » Et par sa mère Florence qui l'avait pris par les sentiments qu'il éprouvait pour sa grand-mère Katell : « Mamie serait si heureuse que tu deviennes prof de français comme nous ! »

Après avoir consulté le planning de la journée, Louis était sorti dans la cour, à la recherche d'anciens camarades. Il en avait croisé certains, avait serré quelques mains, parlé de ses vacances dans les Côtes-d'Armor en famille, et de sa semaine de camping à côté de Montpellier, avec Jo et Oli.

Et puis, Anna était apparue. Elle discutait avec un garçon que Louis avait pris pour son petit ami tant ils semblaient proches. Elle dégageait une forme d'assurance, elle semblait plus forte et plus libre que les autres filles. Chacun de ses gestes était empreint de grâce, le temps se suspendait quand elle riait. En un instant, Louis était tombé amoureux.

Comme lui, Anna avait dix-huit ans, mais elle faisait déjà femme quand on donnait à Louis seize ans à peine, avec ses joues pleines et sa pilosité incertaine. Il se sentait en décalage, pas au niveau, elle lui paraissait inaccessible. Il l'avait regardée avec jalousie saluer des garçons, leur faire la bise, se demandant si lui aussi pourrait un jour rentrer dans le cercle de sa vie.

Quand la sonnerie avait retenti, il l'avait suivie pour se mettre à quelques places d'elle et l'admirer encore. Elle avait un regard intense qui troublait tous ceux sur lesquels il se posait. Ses yeux bleus couleur océan semblaient avoir été créés pour y plonger de toute son âme. Son nez fin et délicat, son menton plein et volontaire, tourné vers l'avenir, lui donnaient un profil hollywoodien. Il n'y avait donc pas d'illusion à se faire, elle était beaucoup trop belle pour lui.

Ils ne s'étaient pas adressé la parole avant plusieurs semaines. Louis la croisait, s'asseyait parfois au même rang, mais sans jamais trouver l'occasion de l'aborder, ne serait-ce que pour lui demander l'heure ou un renseignement sur un cours. Il n'avait jamais imaginé qu'on puisse être à ce point obsédé par un visage, un regard ou des mains. Anna occupait ses pensées le jour et ses rêves la nuit.

Puis, alors que Louis avait perdu tout espoir de trouver le courage de lui parler, s'insultant des pires noms devant sa lâcheté « Je suis vraiment trop con ! Qu'est-ce que je risque ? Je me déteste, je me hais ! », Anna lui avait tapé sur l'épaule un matin.

— Tu lis quoi ? lui avait-elle demandé, très à l'aise, comme s'ils se connaissaient déjà, en désignant le livre qu'il tenait dans les mains.

Son aisance l'avait immédiatement intimidé. Déstabilisé par sa beauté, conquis et submergé par la profondeur de son regard, Louis avait abandonné sa manière naturelle de parler et de se mouvoir. Il enchaîna les gestes maladroits et bégaya quelques paroles.

— Euh… Rimbaud… *Les Illuminations.*

Elle avait hoché la tête, comme si elle approuvait la lecture de ce vieil ouvrage corné qui avait appartenu à sa grand-mère, et elle s'était assise à côté de lui. Elle sentait bon, un parfum sucré que Louis ne connaissait pas ; il avait frissonné quand sa jambe avait frôlé la sienne.

— J'aime bien Rimbaud. « Je me crois en enfer, donc j'y suis… » Tu crois que c'est lui qui a écrit tous ses poèmes ?

— Comment ça ? avait-il répondu, surpris par la question.

— On ne sait pas grand-chose de lui… Juste qu'il a remis le manuscrit des *Illuminations* à Verlaine et Germain Nouveau… Mais on ne sait pas ce qu'il contenait exactement ce manuscrit ! Verlaine et Nouveau ont très bien pu le réécrire, ajouter, supprimer des vers… D'autant que *Les Illuminations* sont parues dans leur intégralité après sa mort, sur la base de textes recopiés par Nouveau…

Louis n'avait rien répondu, il n'avait jamais entendu cette histoire. Les yeux d'Anna le troublaient, il n'avait jamais vu un regard aussi intense et plein du désir farouche de connaître le monde. Maintenant qu'il se trouvait à quelques centimètres d'elle, il comprenait le sens des mots « sublime envoûtement ».

— C'est bizarre qu'il ait subitement arrêté la poésie à vingt ans et qu'il ait fini marchand d'armes en Afrique, non ? Un poète marchand de mort, ça n'a aucun sens, tu ne trouves pas ?

Louis n'avait pas su quoi répondre. Il avait tellement attendu ce moment d'être seul avec elle, qu'il se retrouvait idiot, sans aucun mot aux lèvres. Anna l'avait regardé avec un drôle d'air qu'il avait interprété comme du mépris devant son mutisme, puis elle lui avait tendu la main.

— Enfin bref… Moi, c'est Anna. Et toi ?

— Lou… Louis… Enchanté.

Anna riait souvent quand elle racontait cette première rencontre. Elle le charriait, se moquait de sa maladresse, de ses rougissements : « Tu bafouillais ! Tu n'arrivais même pas à me regarder dans les yeux ! », « Je me suis dit que tu devais être très timide, ou que ton silence cachait un défaut ou un complexe, comme un bégaiement… », « Ça n'a vraiment pas été le coup de foudre ! »

C'est vrai que Louis était ébloui quand il était avec elle. Il se demandait pourquoi la fille la plus belle de la fac, la plus belle de la ville et même du monde, s'intéressait à lui. Il avait un physique ordinaire, était de taille moyenne, il y avait des dizaines de garçons plus beaux, plus charismatiques, et plus attirants que lui. Il avait certes un visage plutôt agréable, encadré de jolies boucles brunes qui retombaient en cascade sur son front, mais rien de spécial, aucune fille ne l'avait jamais trouvé beau. Et comme il était plutôt réservé, il trouvait qu'il n'avait vraiment rien de passionnant à partager, rien qui puisse suffisamment plaire à une femme comme Anna.

« Justement. Je te trouvais différent. Tu étais sensible, tu me parlais d'écriture, de musique, j'aimais ta culture… Tu n'étais pas comme les autres garçons qui ne pensaient qu'à m'impressionner… Tu étais toi, tu ne jouais pas un rôle et j'aimais ça… »

Louis et Anna étaient d'abord devenus très amis. Ils pouvaient discuter pendant des heures d'un livre ou d'un auteur. Flaubert, Hugo, Zola… Anna, qui voulait à cette époque devenir écrivaine, se passionnait pour leurs vies. Elle voulait comprendre pourquoi et comment ils en étaient venus à la littérature, quels étaient leurs secrets de création, en quoi leur existence et leurs lectures avaient influencé leurs œuvres.

— Tu savais que Balzac écrivait quatorze heures par jour et qu'il buvait jusqu'à cinquante tasses de café pour tenir le rythme ? Cinquante, tu imagines !

— Oui, j'imagine très bien l'état de son estomac ! grimaça Louis.

— Quand je pense que j'ai du mal à dormir après deux tasses, moi !

Anna et Louis partageaient aussi le même goût pour la musique. The Police, U2, Oasis, The Beatles, Radiohead, Blur, The Doors… Il y avait toujours une bande-son à leurs soirées, dans la voiture d'Anna, dans sa chambre ou chez leurs amis. Et lorsque Louis lui avait parlé du groupe qu'il avait monté avec Jo et Oli, elle avait immédiatement voulu les voir jouer. Louis avait retardé ce moment au maximum, le temps de réussir à chanter à peu près correctement les chansons qu'elle aimait, les plus faciles, « Knockin' On Heaven's Door » de Bob Dylan ou « Wonderwall » d'Oasis. La voix de Louis n'était pas toujours juste mais Anna s'en moquait, elle l'écoutait avec les oreilles de l'amour naissant. C'est en l'entendant chanter « One » de U2, les yeux dans ses yeux, qu'elle comprit pourquoi elle aimait tant passer du temps avec lui, pourquoi il la faisait rire, pourquoi leurs discussions littéraires étaient si passionnées... Sans s'en rendre compte, Anna était tombée amoureuse. Doucement d'abord, puis pleinement, comme on se laisse happer par le sommeil et les rêves.

— J'adore ! Quand est-ce que vous commencez les concerts ?

À partir de ce jour-là, Anna vint assister à chacune de leurs répétitions, au grand étonnement d'Oli et Jo.

— Vous sortez ensemble, ou quoi ?

— Non, non... C'est juste une amie, répondit-il sans les convaincre.

Anna apportait des gâteaux qu'elle cuisinait elle-même, ils adoraient ses cookies au chocolat, puis elle se posait sur un coussin, juste en face de Louis, et elle les écoutait, tapait dans ses mains, fredonnait les refrains. Plus elle venait, plus Louis prenait de l'assurance. Il chantait et jouait de la guitare de mieux en mieux, et Anna était chaque fois plus amoureuse. Mais elle doutait et ne savait pas si c'était réciproque. Pourquoi ne comprenait-il pas ses regards ? Pourquoi ne faisait-il pas le premier pas quand il la raccompagnait le soir ? En aimait-il une autre ? Louis était si mystérieux.

Alors elle s'impliquait toujours plus dans la vie du groupe. Elle donnait son avis sur le choix des titres, sur la manière de les jouer, plus vite ou plus rock. Elle chantait aussi parfois, pour faire les chœurs, ou même prendre le micro sur certaines chansons. Louis aimait sa voix haute et claire à la Debbie Harry.

— Quand est-ce que tu vas lui dire que tu l'aimes ? demanda Oli après une répète.

— Je ne sais pas.

— Oli a raison, t'attends quoi, sérieux ? Vous passez vos journées ensemble, elle fait partie du groupe maintenant…

— Je n'ose pas.

— Personne n'osera pour toi.

— Non… Et je serais toi, j'attendrais pas trop.

— Pourquoi tu dis ça ?

— La limite entre meilleur ami et petit ami est mince, et c'est pas ce que tu veux.

— Et en plus, j'ai comme l'impression que je lui plais ! dit Jo de manière très sérieuse.

— Oui, je confirme. Elle te regarde avec des flammes dans les yeux quand tu caresses tes cymbales !

— Quoi ?

Jo et Oli éclatèrent de rire.

— On rigole ! Elle t'aime, c'est sûr !

— Vous croyez ?

— Mais oui ! Allez, dis-le-lui, au moins tu seras fixé !

— Et si elle te dit non, on la vire du groupe !

— Et moi, je tente ma chance ! s'exclama Jo en lui tapant sur l'épaule.

Oli et Jo avaient sans doute raison. Malgré tout, Louis n'était pas certain qu'Anna partageait ses sentiments. C'était peut-être justement parce qu'il ne la draguait pas comme tous les autres garçons qu'elle aimait être avec lui. Mais ça ne pouvait plus durer. Il fallait qu'il passe à l'action, qu'il se dévoile, car lui n'avait aucun doute.

Louis aimait tout chez elle. Sa beauté bien sûr qui attirait à elle tous les hommes qu'elle croisait. Sa façon de ne jamais en jouer aussi. Elle était belle, le savait, mais elle ne minaudait pas, n'essayait pas d'en tirer avantage. Sa joie de vivre aussi, avec son sourire qui illuminait tout sur son passage. Anna avait une telle intensité, elle vibrait tant quand elle parlait et se mouvait. Elle était solaire.

Louis aimait également son appétit pour les arts, la littérature, la musique. Sa soif d'apprendre et de comprendre était immense. Et à force de se confronter aux plus grands auteurs, aux plus grands poètes, il assistait admiratif au développement de son talent créatif et de son style. Anna écrivait des nouvelles, des romans et des poèmes, qu'il essayait de mettre en musique à la guitare. Chacun de ses vers émouvait Louis, résonnant comme autant de souvenirs enfouis et de sentiments nouveaux. Il y avait une telle connexion entre eux.

Un soir, au moment de se dire au revoir, en bas de chez elle, Louis s'était lancé. À sa manière, hésitante et touchante.

— À demain ?

— Oui… Je…

— Oui ?

Il avait fait un pas vers elle et elle avait souri. De ce sourire qui le désarmait tant, ce sourire champagne comme il l'appelait, qui faisait exploser des bulles de bonheur dans son cœur.

Anna s'était approchée de lui, au ralenti, et lorsqu'elle avait déposé un baiser sur ses lèvres, Louis avait compris ce que voulait dire l'amour pour la vie.

— Moi aussi, ça fait longtemps que j'attendais ce moment.

2

Le portable de Louis vibra dans sa poche. Dans quarante et une minutes maintenant, il serait plus heureux que trois milliards sept cent cinquante mille hommes sur Terre.

C'était Anna. Qu'est-ce qu'il aimait entendre sa voix. Une voix douce, comme une caresse.

— Ce soir, je te fais un dîner en mode « Top Chef » ! J'espère que tu as faim !

— « Top Chef » ! Il va y avoir du niveau alors, merci mon amour ! J'apporte à boire ! Blanc ou rouge ?

— Blanc !

Louis sourit. Anna avait envie d'innover en ce moment, de sortir de leur quotidien. Il avait l'impression de se retrouver douze ans en arrière, à l'époque de leurs premiers rendez-vous, des balbutiements de leur histoire, quand la relation se construit et qu'il faut se voir tout le temps, dans des endroits différents, cinéma, parc, expo, pour ne pas risquer l'ennui, comme si ce tourbillon permanent était la garantie d'un avenir réussi et plein de vie.

La veille, Anna l'avait emmené à Bonne-Nouvelle, dans un bar à mojito dont lui avait parlé Capucine, sa meilleure amie. Louis avait hésité, il se sentait fatigué, mais il n'avait pas regretté son épuisement de fin de soirée. Ils avaient tellement ri, tellement dansé aussi. Anna aimait les danses latines, la salsa et la bachata, Louis ne se souvenait jamais de la différence, mais qu'importe, il était comblé de voir sa femme virevolter heureuse et épanouie dans ses bras.

Le jour précédent, elle l'avait invité dans un nouveau restaurant italien rue des Bons-Enfants, à Palais-Royal. Louis s'était régalé avec le *ragù* napolitain et le tiramisu maison. Il avait même demandé aux joueurs de mandoline de venir à leur table pour une sérénade. C'était kitsch et drôle à la fois, et l'espace d'un instant, ils s'étaient crus à Venise ou Naples.

— *Ti amo*, lui avait-il dit en partant.

Une douce musique accueillit Louis lorsqu'il rentra. Les lumières étaient tamisées, et une odeur étrange lui parvint de la cuisine.

— Chérie ? Je suis là !

Louis posa son sac dans l'entrée et se précipita dans la cuisine, une bouteille de chardonnay à la main.

— Tadam !

Anna se retourna, vêtue de son tablier « Meilleure cuisinière », et ils s'embrassèrent, comme ils s'embrassaient tous les soirs, avec le même amour depuis douze ans.

— Ça sent bon ! C'est quoi ?

— Surprise ! dit-elle en faisant disparaître une casserole de sa vue.

Elle lui caressa la joue, une pointe d'inquiétude dans le regard.

— Ça va ta journée ? T'es tout pâle…

— Oui… Je crois que j'ai trop dansé hier, je n'ai pas l'habitude ! rit-il. Et toi ?

— Une journée de prof ordinaire ! Mes élèves croient que Céline est une femme, et ils m'ont demandé s'ils pouvaient arrêter de lire Flaubert : c'est trop descriptif et plus personne ne parle comme ça ! se désola-t-elle.

Ils se mirent à rire.

— Je peux t'aider à quelque chose ? Mettre la table ?

— C'est déjà fait ! dit-elle en montrant les assiettes dorées et les verres en cristal, ceux qu'ils sortaient pour les grandes occasions, les anniversaires et les réveillons.

— Oh ! On fête quelque chose ?

— Haha… sourit-elle, mystérieuse.

Louis fronça les sourcils et réfléchit.

— Ce n'est pas le jour de notre rencontre. Ni celui de notre premier baiser…

— Non.

— Notre première fois ?

Elle rit :

— Non !

Louis hésita, essayant de lire son visage, et c'est alors qu'il aperçut le foulard rouge posé sur la chaise.

— C'est quoi ça ? Tu m'as préparé une soirée coquine ?

— Haha, non ! Tu vas faire une dégustation à l'aveugle !

— Mmmm, j'aime déjà ce jeu ! Et je gagne quoi si je trouve ?

— Moi en dessert !

— Moi, c'est en entrée, plat et dessert que je te veux ! À tous les repas !

Ils rirent, et il l'embrassa encore.

— Allez, assieds-toi !

Anna saisit le foulard et le fit glisser lentement de son bras à son cou en fredonnant les premières notes de « You Can Leave Your Hat On » de Joe Cocker, puis lui banda les yeux. Il l'entendit retourner dans la cuisine, il y eut des bruits de casserole, et elle revint enveloppée d'une odeur étrange de légumes.

— Alors, première cuillère ! Ouvre la bouche !

Louis réprima une grimace. C'était tiède, fade, on aurait dit de la purée, mais c'était plus liquide. Anna cuisinait mieux que ça d'habitude.

— Alors ?

— C'est un velouté de haricots ?

— Non !

— De petits pois ?

— Oui ! Allez, la deuxième cuillère maintenant !

Louis fronça les sourcils, c'était toujours la même texture, avec un drôle de goût, vraiment pas bon. C'était plus proche de « Cauchemar en cuisine » que de « Top Chef ».

— Des haricots ?

— Toujours pas, non !

— C'est pas des épinards quand même !

— Si ! s'écria-t-elle, enjouée.

Louis resta sans voix, atterré. Il ne comprenait pas, elle savait pourtant bien qu'il détestait les épinards.

— C'est tout ?

— Oui !

La même joie incompréhensible dans sa voix. Elle avait sans doute passé du temps à cuisiner, mis tout son cœur pour lui préparer cette soirée, alors il ne voulait pas lui faire de peine. Mais comment ne réalisait-elle pas que ce n'était pas bon ? Que c'était même complètement raté ? Elle n'avait pas goûté, ce n'était pas possible !

— Alors, tu as deviné ?

Il fronça les sourcils, il ne voyait pas où elle voulait en venir.

— Deviné quoi ?

— Non ?

— Épinards, petits pois... Tu veux me mettre au régime, c'est ça ? demanda-t-il inquiet, en passant la main sur son ventre.

C'est vrai qu'il s'était relâché pendant l'hiver, il avait abusé du chocolat et des fondues, et il ne faisait quasiment plus de sport tant il était fatigué. Mais comparé à d'autres trentenaires, ou même à Jo et Oli, il était encore bien conservé.

— Non !

Elle éclata de rire et lui retira le bandeau. Ses yeux brillaient.

— Je t'ai emmené où hier ?

— Dans un bar.

— Où ça ?

— Sur les Grands-Boulevards.

— Sois plus précis. Quel métro ?

— Bonne-Nouvelle ?

— Oui. Et avant-hier, le resto italien ?

— Euh… Palais-Royal…

— Quelle rue ?

— Rue des Bons-Enfants…

Elle hocha la tête, un large sourire éclairait son visage. C'est à ce moment qu'il vit les petits pots alignés sur la table. Louis sentit son cœur s'emballer dans sa poitrine.

— Tu… Tu es enceinte ?

— Oui !

— Vraiment ? On va avoir un bébé ? demanda-t-il ému, en approchant la main de son ventre.

Il était si surpris, cela faisait à peine quelques mois qu'ils essayaient.

— Oui, vraiment !

Voilà ! À cet instant précis, Louis était l'homme le plus heureux du monde.

3

Étendu sur le canapé du salon, Louis regardait le ventre d'Anna monter et descendre au rythme de sa respiration. Son bonheur lui semblait décuplé, il avait envie de créer des néologismes, d'inventer un vocabulaire spécifique pour décrire ce qu'il ressentait. Leur couple était une fusion amoureuse qui allait donner naissance à la somme de leurs êtres. Cet enfant, c'était plus qu'un accomplissement : c'était un « accouplissement ». Il était le lien qui les unirait pour toujours.

— On en parle ? demanda-t-il au bout d'un moment.

— À qui ?

— Ma mère, tes parents ?

— Non, c'est un peu tôt, attendons la première écho.

— Je ne sais pas si je vais pouvoir garder le secret avec maman. Elle sent toujours tout.

— Tu crois qu'elle se doute de quelque chose ?

— Elle m'a posé des questions hier quand je l'ai eue au téléphone. Elle m'a dit que j'avais la voix bizarre, que je cachais quelque chose.

— Sérieusement ?

— Oui ! Je ne sais pas si j'arriverai à tenir ma langue quand je la verrai samedi. Elle va me cuisiner, j'en tremble déjà !

— Nous affons les moyens de fous faire parler ! s'écria Anna avec un accent allemand exagéré.

Ils se mirent à rire. C'est vrai que la mère de Louis était dotée d'un sixième sens, d'une connexion aussi bien physique que mentale avec lui et son frère, qui lui faisait ressentir dans son cœur et sa chair chaque événement de leur vie.

L'accident de voiture de Jean en était la parfaite illustration. Sa mère avait appelé Louis dans les minutes qui avaient suivi, il se souvenait encore de sa voix paniquée :

— Loulou, ça va ?

— Oui, pourquoi ?

— T'es avec ton frère ?

— Non, qu'est-ce qui se passe ?

— Il ne répond pas, je m'inquiète !

— Maman, il est dix-huit heures, il est majeur, tu n'as pas à t'inquié…

— J'ai un mauvais pressentiment, cherche-le s'il te plaît ! l'avait-elle coupé.

Louis avait aussitôt appelé un des meilleurs amis de Jean qui lui avait répondu de l'hôpital, encore choqué. Ils étaient ensemble quand un chauffard leur avait grillé la priorité à un carrefour. L'impact avait été brutal, la voiture était bonne pour la casse, et Jean, qui avait des douleurs aux jambes et au dos, passait des radios qui indiquèrent qu'il n'avait heureusement rien.

Louis se souvenait aussi du regard de sa mère peu de temps après son coup de foudre pour Anna :

— Alors, Loulou ? Comment s'appelle-t-elle ?

— Qui ça ? avait-il rougi, incapable de masquer ses émotions.

— Cette fille ! Je vois bien que t'es tout bizarre depuis quelques jours. Tu n'es pas dans la lune là, tu es dans les anneaux de Saturne !

— Il n'y a pas de fille.

— Je suis ta mère. Je t'ai porté en moi pendant neuf mois. Je t'ai donné la vie. J'ai senti tes premiers battements de cœur. Tes premiers mouvements. J'ai entendu tes premiers cris, tes premiers mots. Je t'ai nourri, bercé, embrassé, soigné. Je ressens tout de toi. Alors ? Comment s'appelle-t-elle ?

Louis passa la main sur le ventre d'Anna.

— C'est fou quand même de se dire qu'il y a un petit alien qui grandit là-dedans.

— Oui, une petite princesse ou un petit prince… dit-elle, rêveuse.

— Tu veux savoir si c'est une fille ou un garçon, toi ?

— Je sais pas. D'un côté je me dis que ça serait cool d'avoir la surprise le jour J. Notre bébé va se cacher pendant neuf mois avant de se révéler, ça serait dommage d'enlever la magie de la première rencontre. Mais de l'autre, savoir nous permettrait de préparer son arrivée, de nous occuper de la chambre, de ses vêtements… (Elle marqua une pause, en pleine réflexion.) T'en penses quoi ?

— Je crois que j'ai envie de savoir. Pour me projeter. Ça sera plus concret…

Il y eut un silence, puis Louis reprit :

— Tu penses que ce sera une fille, ou un garçon ?

Elle sourit :

— Tu sais que mon intuition est quasi infaillible… Alors es-tu sûr de vouloir savoir ?

Louis se redressa sur un coude :

— Toi, une intuition infaillible ? C'est ce qu'on va voir ! Alors moi, mon intuition masculine infaillible aussi me dit que ce sera un petit mec.

— Eh bien, mon intuition féminine m'affirme le contraire !

— On parie ?

— Allez ! On parie quoi ?

— Le lever toutes les nuits le premier mois ? proposa-t-il en riant.

— Haha, je ne sais même pas si tu es capable de tenir une semaine !

— Pour notre fille et toi, si !

Anna se pencha pour lui déposer un baiser sur les lèvres.

— J'espère qu'elle te ressemblera, dit-il en la dévisageant. Qu'elle aura tes yeux, tes cheveux, ton nez, ta bouche, ton menton…

— Tout ça ? Mais toi, tu lui donneras quoi, alors ?

— Je ne sais pas, en fille je ne serais pas très jolie, si ?

Anna se mit à rire.

— Je suis désolée de te le dire, mais effectivement il vaut mieux qu'elle prenne tout de moi !

— T'es dure ! dit-il en lui balançant un coussin.

Il fit mine de bouder quelques secondes, puis il lui caressa à nouveau le ventre.

— Et on l'appellera comment cette fille ?

— Bonne question… Moi j'aime bien Léa, ou Julia… Tu aimes ?

— Je sais pas.

— Ça veut dire non ! Tu penses à quoi, toi ?

— Katcll, pcut-ĉtrc ?

Anna fit la moue.

— Mouais… Comme ta grand-mère… Ta mère serait heureuse mais, ne m'en veux pas, je n'aime pas beaucoup…

— On peut le garder en deuxième ou troisième prénom.

— Oui, pourquoi pas, dit-elle songeuse.

— Et si c'est un garçon ?

— Léo ? Théo ?

— Oui, j'aime bien les prénoms en O. Il y a Hugo aussi.

— Ah oui, Hugo, ton élève préféré !

— Ce n'est pas mon élève préféré. Mais il me touche cet ado.

Hugo était un de ses élèves de troisième qu'il avait déjà eu l'année précédente. Son histoire faisait écho à la sienne. Comme Louis, son père avait quitté sa mère du jour au lendemain, et Hugo qui était jusqu'alors bon élève avait décroché. Il avait commencé à ne plus rien apprendre, à sécher les cours. Son redoublement avait été évoqué, mais Louis s'y était opposé. Ce n'était pas une question de niveau, c'était une question de temps et de résilience. Hugo avait besoin de soutien pour affronter cette terrible épreuve. Louis avait beaucoup parlé avec lui, avec sa mère aussi qui était encore plus déboussolée que lui. Avec d'autres collègues, il l'avait aidé à rattraper son retard, et peu à peu, Hugo avait repris pied et retrouvé le chemin de l'école et des études.

— Qu'est-ce qu'il y a ? demanda Louis en voyant tout à coup Anna scruter attentivement sa peau.

— Tu as des bleus là…

— Où ça ?

— Sur le bras, dit-elle en indiquant deux marques violettes. Et là aussi, sur les jambes…

— Ah oui ? dit-il en fronçant les sourcils. Je ne les avais pas vus.

— Tu t'es battu ?

Il éclata de rire.

— Battu moi ! Mais avec qui ?

— Je sais pas. Un élève ? Un parent ?

— Mais non.

— Tu t'es cogné ?

— Non, je ne crois pas. Ou peut-être si, en dansant avec toi l'autre soir !

Elle se força à sourire, mais son regard demeura inquiet quelques instants. Puis, elle chassa ces mauvaises pensées de son esprit, et prit son téléphone.

— Tu fais quoi ?

— Je regarde les prénoms les plus donnés l'an dernier…

— Oui, bonne idée !

Louis se redressa et vint s'asseoir tout contre elle.

— Alors… Si c'est une fille : Emma, Alice, Jade, Louise, Lina, Chloé, Mia…

— Jade, j'aime bien.

— Oui, c'est joli.

— Jade Le Gall…

— J'aime ! s'exclama-t-elle, les yeux brillants.

— Haha ! On valide ?

— Attends, il y a Léa et Julia aussi…

— Oui, ça fait un joli podium ! Reste à savoir dans quel ordre maintenant ! dit-il en l'embrassant dans le cou. Et les garçons ?

— Alors… (Elle changea de page et scrolla rapidement.) Gabriel, Léo, Raphaël, Arthur, Louis… Tiens, ton prénom est à nouveau tendance !

— Tu vois que je ne suis pas si ringard !

Ils sourirent.

— J'aime bien Arthur, pas toi ?

— Oui, moi aussi. Arthur Le Gall, ça sonne bien.

— Hugo Le Gall, c'est pas mal aussi.

— Il va y avoir débat alors ! dit-elle en montant sur lui.

— On règle ça maintenant ? demanda-t-il en la faisant basculer d'un coup de hanche.

— Allez oui, fais-moi l'amour, je t'attends ! dit-elle en le serrant plus fort contre elle.

2^E MOIS

DÉCEMBRE

4

— Tu vas être père ! Tu vas être père ! se répétait Louis incrédule.

Il alternait les phases d'euphorie et les moments de doutes. Qu'est-ce que cela voulait dire être père ? Serait-il à la hauteur ? Il ne savait pas ce que c'était puisqu'il n'en avait pas eu. Le sien s'était enfui juste avant la naissance de Jean. C'était un lâche qui avait abandonné la femme enceinte qu'il avait aimée, et son fils de trois ans. Quel genre d'homme était capable de rayer sa famille de sa vie, en un claquement de porte ? Il ne le considérait même pas comme son père. Un père, ce n'est pas celui qui donne la vie, non. Un père, c'est celui qui donne de l'amour. Pour toujours.

Et dans son entourage, les exemples n'étaient pas les meilleurs. Olivier avait eu un fils par accident, à vingt ans, et ne le voyait que pour les vacances, sa mère étant partie vivre dans le Sud peu après sa naissance. Jonathan, lui, venait d'avoir des jumeaux. « Deux fois plus de bonheur », répétait-il souvent. Mais vu le coup de vieux que lui et sa compagne avaient pris, c'était plutôt deux fois plus de problèmes.

— Tu vas être père !

Louis se dévisageait dans la glace, inquiet. Ses yeux marron, souvent rieurs. Ses lèvres épaisses et charnues. Ses cheveux qui retombaient en boucles sur son front. Il se sentait si jeune. Faire un enfant c'était facile, tout le monde pouvait en avoir. Mais devenir un bon père, lui donner de l'amour, des valeurs, l'accompagner dans son développement, dans sa recherche de soi, c'était autre chose.

L'homme se reproduisait depuis des centaines de milliers d'années, mais c'était un saut vers l'inconnu à chaque fois. Pourquoi n'y avait-il pas de cours de parentalité ? Pourquoi n'apprenait-on pas à être un bon parent comme on apprend à être bon en mathématiques ou en français ? N'était-ce pas plus indispensable dans la vie ?

Lorsque Louis sortait, prenait les transports, il avait désormais l'impression de voir des enfants partout, dans des multitudes de bras, des mamans surtout, des nounous parfois et très rarement des pères. Alors quand il les voyait ces hommes, il les observait avec attention, décryptait chacun de leurs gestes. Comment ils portaient leurs bébés harnachés sur leurs torses. Comment ils leur parlaient, avec une voix douce et enfantine, un peu ridicule. Comment ils leur caressaient la tête, avec tendresse et précaution. Comment ils les embrassaient d'un baiser délicat. Ça avait l'air si simple. Si eux y arrivaient, pourquoi échouerait-il ?

Louis avait lu que les démographes et historiens estimaient qu'environ cent milliards d'êtres humains avaient foulé la planète Terre depuis sa création. Soit environ cinquante milliards d'hommes si l'on s'accordait sur la parité de genre. Cinquante milliards d'hommes avaient déjà vécu ce qu'il allait vivre dans moins de huit mois.

Cette paternité n'avait donc rien d'extraordinaire, c'était même banal, alors pourquoi se posait-il toutes ces questions ?

Louis grimaçait devant le miroir, se forçait à avoir l'air autoritaire. Il fronçait les sourcils pour se donner l'air plus vieux, plus mûr. « Va dans ta chambre ! Range tes affaires ! Pas de bonne note, pas de compote ! Pas de A, pas de chocolat ! » répétait-il. Il n'avait pas vu qu'Anna l'observait depuis un moment sur le pas de la porte.

— Qu'est-ce que tu fais ? demanda-t-elle soudain.

— Ah, tu étais là ! fit-il en se retournant, gêné.

— Oui. Tu faisais quoi ? Tu répétais un mime pour tes élèves ?

— Non, non…

— Alors tu faisais quoi ?

Louis hésita, les épaules baissées :

— Tu me réponds franchement ?

— Oui, bien sûr.

— Tu trouves que j'ai une tête de père ?

— Une tête de père ! C'est quoi ça encore ?

— Bah, est-ce que je fais père, daron, papa ? Moi, je ne trouve pas ! Je fais trop jeune !

— C'est quoi une tête de père alors, que je la reconnaisse si j'en vois une ?

— Tu vois ce que je veux dire !

— Non. Tu sais qu'il y a des pères qui ont dix-sept ans, d'autres soixante ?

— Je sais, mais… Ton père par exemple, il avait déjà une tête de père quand tu es née…

— Si, pour toi, avoir une tête de père c'est avoir une moustache et des cheveux longs, alors oui, mon père avait une tête de daron. Comme la moitié des hommes des années quatre-vingt.

— Oui mais quand je regarde Jo par exemple, il fait père.

— Jo fait vieux, c'est différent. Tu aimerais avoir sa calvitie aussi ? Ses poches sous les yeux ? On lui donne quarante ans !

— Non, mais…

— Écoute, je trouve que tu te poses beaucoup trop de questions depuis que je suis enceinte. Rappelle-toi que tout va bien se passer pour toi et que c'est moi qui vais en baver, OK ? C'est moi qui vais le porter cet enfant, pas toi. C'est moi qui vais prendre quinze kilos, pas toi. C'est moi qui vais vomir, qui vais avoir faim, qui vais avoir mal au dos, qui vais être de mauvaise humeur, et qui vais souffrir le martyre pendant l'accouchement. Pas toi.

— Oui, mais…

— Alors, détends-toi, tu as huit mois pour te préparer. Et je suis certaine que tu feras un excellent père.

— Tu crois ?

— Mais oui ! le rassura-t-elle en le prenant dans ses bras.

— J'espère.

— Je n'en doute pas ! Et dis-toi aussi que tu seras très heureux de faire jeune, quand ta fille ou ton fils aura dix-huit ans. Alors que Jo, lui, aura l'air d'être leur grand-père !

5

Ça commença par une fatigue soudaine et inexpliquée. Louis se réveillait plus épuisé que la veille, comme si la nuit avait été inutile. Il se rendait au collège sans énergie, comme ces ados que l'on voit bâiller dans les transports, usés par leur croissance et leurs nuits passées sur leurs smartphones. Sauf que Louis ne grandissait plus et s'endormait toujours avant la fin du film de première partie de soirée.

Anna le trouvait pâle, amaigri, mais il lui disait de ne pas s'en faire. Ce mois de décembre était rude, c'était juste un coup de mou passager, une cure de vitamines suffirait.

Alors tout à son bonheur, Louis continuait de vivre comme si de rien n'était. Le week-end, il se baladait avec Anna, main dans la main dans les parcs, sur les quais ou dans les centres commerciaux. Ils observaient les jeunes couples et leurs enfants, ils souriaient en les voyant complètement gagas avec leurs nouveau-nés.

Et lorsque Jo les invita au premier anniversaire des jumeaux Noah et Sasha, Louis passa une bonne partie de l'après-midi à jouer avec eux sur le tapis de jeu, s'émerveillant pour un rien, un sourire, un geste, un cri. Il tomba en admiration de leurs jolies joues roses gonflées d'amour et de baisers. Même leurs pleurs stridents étaient doux à son oreille.

Anna l'observa tendrement, se confortant dans l'idée que Louis serait le meilleur des pères. Il n'y avait pas besoin d'avoir de modèle pour donner de l'amour, ça venait du cœur, c'était tout.

Après deux semaines, l'état de Louis ne s'améliora pas. Il empira : il était essoufflé pour un rien, avait des maux de tête de plus en plus fréquents, et sa peau continuait à marquer au moindre coup. Malgré ses dénégations, « c'est rien, ça va aller mieux », Anna s'inquiéta vraiment, prit rendez-vous chez le médecin et l'obligea à s'y rendre : « Au moins, on sera fixé ! »

Le Dr Lalonde l'accueillit avec un grand sourire. Louis ne se rappelait pas qu'il était si vieux. Ses cheveux n'étaient pas gris dans son souvenir, il ne portait pas de lunettes, et n'était pas aussi voûté. Quel âge pouvait-il bien avoir ?

— Louis, comment ça va ? Ça fait longtemps que nous ne nous sommes pas vus !

— C'est plutôt bon signe, non ? répondit-il en souriant.

— Oui, bien sûr ! Mais vous savez ce qu'on dit ? Un bon médecin, c'est celui qui ne voit ses patients que deux fois : une fois dans son cabinet, une fois dans leur tombe. Mais c'est aussi valable pour un mauvais, je vous l'accorde !

Il éclata de rire et lui indiqua un fauteuil en rotin. Il fit le tour de son bureau lentement, il boitait.

— Que vous est-il arrivé ?

— La vieillesse, malheureusement. J'ai voulu jouer au tennis avec mon petit-fils et mon genou m'a rappelé que j'avais largement dépassé l'âge.

Il s'assit dans son fauteuil au cuir aussi fatigué que lui et désigna le dossier posé devant lui.

— Ça fait au moins dix ans que je ne vous ai pas vu ! Votre frère et votre mère, des années aussi ! Vous n'êtes pas une famille de malades ni d'hypocondriaques !

— Non, c'est vrai, nous avons la santé ! Et je touche du bois ! sourit Louis, en posant sa main sur le bureau.

— J'ai repris votre dossier. Vous faisiez un mètre trente-cinq la première fois que je vous ai vu… dit-il, nostalgique. Et maintenant vous…

— Un mètre soixante-seize, répondit Louis en souriant, se rappelant les questions qu'il posait alors : « Je ferai un mètre combien, docteur ? J'aimerais bien faire un mètre quatre-vingt-huit ! » « Quatre-vingt-huit ? Et pourquoi pas quatre-vingt-sept ou neuf ? » « Pour être grand comme oncle Philippe ! »

Oncle Philippe, le frère de sa mère. Une des figures paternelles de substitution que Louis s'était trouvée avec son grand-père Erwan. Il le voyait peu, il habitait à Bordeaux, mais à chaque fois, il ressentait cette même excitation, cette même joie inexplicable de le retrouver. Philippe l'impressionnait. Physiquement déjà, parce qu'il était grand et musclé, avec une grosse barbe de viking, et qu'il avait des tatouages sur les bras, une croix, une rose, une guitare et des mots en latin qu'il ne comprenait pas. Il se disait que c'était ça un homme et il voulait être comme lui : grand, barbu et tatoué. Louis n'était finalement ni grand, ni barbu, et n'avait qu'un tatouage : « Pour toujours » qu'il avait fait sur le poignet avec Anna à Bali.

— Alors, que devenez-vous ? Je me souviens que vous faisiez des études de lettres, c'est ça ?

— Oui c'est ça, répondit Louis impressionné par sa mémoire. Je suis professeur de français au collège Saint-Exupéry, maintenant.

Le vieux médecin haussa un sourcil.

— Saint-Exupéry ? Ça va, il est bien ce collège ? Ma petite-fille doit y entrer l'an prochain, mais mon fils préférerait la mettre dans le privé.

— C'est un établissement plutôt bon pour le département. Bien sûr, il y a quelques problèmes de discipline, mais moins qu'ailleurs.

— D'accord, je lui dirai. En tout cas bravo, c'est un beau métier enseignant. C'est comme médecin, c'est un sacerdoce. Il faut être passionné pour l'exercer. Surtout aujourd'hui.

— Oui, ce n'est pas toujours facile, mais on a de belles récompenses quand on voit ses élèves progresser, prendre goût aux lettres, se passionner pour un texte ou un auteur…

Le médecin hocha la tête, puis il leva les yeux, pensif, et sembla fouiller dans ses souvenirs encombrés de milliers de patients, maladies et médicaments.

— Et votre amie… Anna, je crois ?

— Oui, c'est ça ! Comment vous souvenez-vous d'elle ?

— Je bois beaucoup de thé vert et de ginkgo biloba pour ma mémoire, lui dit-il dans un clin d'œil. (Devant l'air surpris de Louis, le docteur se mit à rire :) Mais non, je triche, j'ai des antisèches dans votre dossier.

— Ah, je commençais à jalouser votre mémoire !

— Heureux que vous soyez toujours ensemble ! C'est si rare les couples qui durent de nos jours !

— Oui, et elle est ma femme maintenant, nous nous sommes mariés il y a cinq ans ! dit Louis en montrant fièrement l'alliance à son annulaire.

— Mes félicitations alors ! Et vous avez des enfants ?

— Pas encore, mais très bientôt ! Notre bébé doit naître en juillet !

— Que de bonnes nouvelles ! Félicitations à vous ! Alors si le bonheur est là, qu'est-ce qui vous amène ?

— Eh bien, je me sens fatigué depuis quelques semaines.

— Fatigué comment ?

— Je me sens épuisé tout le temps. Je m'essouffle vite, j'ai des maux de tête, je n'ai jamais été aussi pâle…

Le docteur le dévisagea longuement par-dessus ses lunettes en demi-lunes.

— C'est vrai que vous n'avez pas bonne mine… On va regarder ça.

Le vieux médecin se leva et lui indiqua la table d'examen :

— Vous pouvez enlever votre chemise ? Je vais prendre votre tension.

Le docteur mit le tensiomètre autour de son bras, 12-8, tout était normal, puis il écouta son cœur, et sa respiration.

— Tout va bien de ce côté-là, dit-il.

Il fit tourner son stylo entre ses doigts.

— Vous êtes parti en voyage récemment ?

— Non.

— Vous ne vous droguez pas ?

— Non !

— Vous ne fumez plus ?

Louis sourit et se souvint qu'adolescent, sa mère avait prévenu le Dr Lalonde qu'il fumait des joints avec ses amis. Louis avait arrêté lorsque le docteur lui avait dit que le cannabis ramollissait le cerveau et les érections. Il n'y avait pas retouché depuis.

— Non.

— C'est bien.

Le docteur hésita, gêné.

— Et vous n'avez pas eu de relations sexuelles non protégées ?

— Avec ma femme ?

— Non, hors mariage, je veux dire.

Louis fronça les sourcils devant l'absurdité de la question. Il aimait Anna, ne l'avait jamais trompée, et ne la tromperait jamais. Il n'avait même jamais rêvé d'une autre femme.

— Non, pas du tout !

— Je n'en doute pas, ce sont juste des questions nécessaires.

Le docteur resta silencieux un moment, les yeux rivés sur la feuille qu'il venait d'annoter.

— Nous allons réaliser des analyses sanguines. Si vous pouvez les faire rapidement, ça nous permettra d'être fixés sur ce que vous avez. Si toutefois vous avez quelque chose.

— Vous pensez à quoi ?

Le médecin ne répondit pas tout de suite, pesa le pour et le contre dans sa tête, puis il dit d'un air vague :

— Peut-être une mononucléose ou une hépatite, je ne sais pas.

— Une hépatite ?

— Oui.

— Mais ça peut être grave ça, non ? Pour Anna ? Pour le bébé ?

— Oui ça peut, concéda le vieux médecin. Les analyses nous le diront.

3e MOIS

JANVIER

6

Louis n'avait pas envie de quitter le lit ce matin-là. Il voulait rester dans les bras d'Anna, contre son corps chaud de la nuit, pour l'embrasser et écouter son cœur, pour écouter leurs cœurs, car oui, il en était persuadé, il entendait en écho celui de leur enfant maintenant, une vibration minuscule qui grandissait jour après jour.

Ils avaient « snoozé » deux fois avant qu'Anna nc se lève, après un dernier câlin :

— Allez debout, on va être en retard !

— Encore cinq minutes, grogna-t-il, fatigué.

Louis ne voulait pas se lever, ne voulait pas prendre les transports en commun, mais maintenant qu'il était face à ses élèves, il ne regrettait pas de s'être fait violence.

Être professeur de français en collège n'était pas une sinécure. Quand sa grand-mère lui parlait de l'enseignement dans les années cinquante ou soixante, il avait l'impression qu'elle décrivait une autre profession. Aujourd'hui, Louis avait parfois le sentiment d'être plus un surveillant, un assistant social qu'un enseignant. Mais il aimait son métier et ses élèves, pas tous bien sûr, certains étaient insupportables et n'avaient rien à faire en classe, mais la plupart avaient un bon fond. Ils étaient juste un peu paumés, comme beaucoup d'ados qui se cherchent entre l'enfance et l'âge adulte.

Ce matin-là, Louis donnait cours aux 3ᵉA, sa classe préférée, un groupe parfois brillant, quelques fois turbulent, mais toujours vivant et vibrant d'intérêt pour la langue française.

Louis leur parlait, les écoutait, leur souriait, et s'arrêtait sur leurs visages juvéniles, plongeant ses yeux dans les leurs, des regards tristes parfois, durs aussi, sans plus aucune innocence souvent. Ils étaient si différents, avec des parcours de vie si divers. Il y avait des enfants d'ouvriers et de cadres. Des enfants de divorcés, de familles soudées ou recomposées. Il y avait des immigrés aussi dont les parents parlaient à peine français, ce qui leur donnait souvent un retard difficile à rattraper. Ils avaient quatorze, quinze ou seize ans et n'avaient aucune idée de ce que la vie leur réservait, de ce qu'ils seraient dans cinq ou dix ans.

À qui ressemblerait sa fille ou son fils à leur âge ? À Yasmine, l'excellente élève qui se voyait intégrer les grandes écoles, la Sorbonne ou même l'ENA ? À Hugo, le rebelle dissipé qui avait trouvé refuge dans le rap après le départ de son père ? C'était impossible à dire.

— J'ai comme l'impression que vous n'avez pas envie de lire Zola aujourd'hui, dit Louis avec un large sourire.

— Oh non, m'sieur, il m'assomme moi !

— Moi, je l'accuse de m'endormir !

— J'comprends rien à ce que vous racontez ! s'exclama un autre en levant les bras.

Il y eut des rires et des cris, et même des applaudissements.

— D'accord, on ne va pas lire Zola, alors du calme, s'il vous plaît ! On va faire autre chose ! Une petite rédaction, ça vous dit ?

— Oh non !

— Attendez que je vous donne le thème au moins !

— Du foot !

— Du rap ! s'exclama Hugo en se levant.

— Hugo, ne crie pas, et rassieds-toi, s'il te plaît.

— Allez m'sieur pour une fois, on fait du rap, du slam même ! J'en ai marre de tous ces livres, personne parle plus comme ça !

— Hugo, assieds-toi, je ne le répéterai pas ! ordonna Louis en élevant la voix.

Hugo le regarda, surpris. C'était la première fois que Louis s'emportait ainsi contre lui. Il hésita et comme tout le monde le regardait, il chercha quelque chose à dire, il ne pouvait pas ne pas répondre, il en allait de sa réputation de rebelle.

— C'est bon, vous êtes pas mon père ! grommela-t-il en se rasseyant.

Il y eut des murmures.

— Je sais que je ne suis pas ton père. Mais qu'est-ce que ça change ?

— Y a que lui qui me parlait comme ça !

— Qui te donnait des ordres, tu veux dire ? Ta mère ne te donne pas d'ordre ?

— Si… mais je l'écoute pas ! rigola-t-il, entraînant des éclats de rire.

— Alors pour toi, un père c'est quelqu'un qui donne des ordres ? C'est ça ?

— Bah oui, répondit-il en haussant les épaules.

— C'est intéressant. Les autres ? C'est quoi un père, pour vous ?

— Un père, c'est l'autorité, dit Kevin.

— Les ordres, l'autorité… C'est juste ça un père pour vous ? C'est la police à la maison ? demanda Louis en souriant.

Il y eut des rires, des têtes secouées, des grimaces.

— Mais non !

— Alors ? C'est quoi un père ?

— Celui qui donne son nom aussi, fit Elsa.

— Oui, donc il y a une transmission, très bien. Il vous donne quoi d'autre votre père ?

— Il donne des valeurs, dit Karim.

— Très bien, lesquelles ?

— Le respect.

— La politesse.

— Très bien ! Autre chose ?

— C'est lui qui ramène l'argent ! répondit Damien.

— Parce que les mères ne ramènent pas d'argent ?

— Ma mère peut pas, elle s'occupe de mes petites sœurs ! dit Fatoumata.

— D'accord, donc on a autorité, transmission, valeur, travail, argent… Vous voyez autre chose ?

Il y eut un silence, les élèves se regardaient, cherchaient dans leur tête, haussaient les épaules. Louis se tourna vers le tableau et relut à voix haute leurs réponses.

— Il ne manque pas quelque chose dans cette liste ?

Son regard se posa sur Yasmine qui semblait hésiter à prendre la parole.

— Yasmine ?

Elle jeta un regard rapide autour d'elle, comme si elle savait d'avance que sa réponse allait lui attirer des réactions hostiles ou moqueuses :

— L'amour ? murmura-t-elle d'une voix timide.

Ahmed et Kevin éclatèrent de rire.

— L'amooouuurrr !

— Waaa, ton père te kiffe ou quoi !

— Arrêtez, s'il vous plaît ! C'est bien, Yasmine. L'amour d'un père pour sa fille ou son fils. Bravo. Pourquoi personne d'autre n'en parle ? Il ne faut pas avoir honte du mot amour. Il ne faut pas avoir honte de ses sentiments.

— Sérieux, vous connaissez mon père, vous trouvez qu'il a une tête d'amour ? rigola Ahmed.

— Oui je le connais. Et il a sans doute de l'amour pour toi et tes frères, même s'il ne le montre pas forcément.

Il y eut des cris, des rires, chacun parlant de son père, essayant de lui associer ce terme sans succès.

— Un peu de calme s'il vous plaît, demanda Louis en remontant sur l'estrade. (Il frappa dans ses mains pour obtenir le silence.) Si la question avait été « c'est quoi une mère pour vous ? », auriez-vous pensé à l'amour plus vite ?

Il y eut des réactions, des réponses pleines d'évidence :

— Bah, oui !

— C'est pas pareil une mère !

— Une mère, c'est une mère. Ça donne la vie. Ça nous porte.

— C'est toujours là pour nous.

— Alors qu'un père… murmura Hugo.

Ému, Louis les regarda un à un. Il y avait autant de pères qu'il y avait d'enfants et de familles. Ils étaient tous différents les uns des autres, avec leur passé, leurs qualités, leurs défauts, leurs failles. Plus Louis les dévisageait, plus il les écoutait, plus il se disait qu'un père ce n'était pas qu'un géniteur. Pour être un père, il fallait être présent, donner de l'amour et du temps pour assurer l'éducation de son fils ou de sa fille, son bien-être, et l'accompagner sur le chemin de la vie. Tout ce que son père n'avait pas fait.

La détresse de Hugo et celle que Louis découvrait dans certains regards le ramenaient à sa propre histoire, à ce père parti alors qu'il n'avait que trois ans. Que se passait-il dans la tête d'un homme qui décidait de quitter sa famille ? À quoi pensait-il lorsqu'il refermait la porte derrière lui pour la dernière fois ? Doutait-il ? Pleurait-il ? Était-il soulagé de quitter ceux qui portaient son nom, pour commencer une nouvelle vie plus heureuse sans eux ?

Lorsque la sonnerie retentit, Louis n'avait aucune réponse. Tout ce qu'il savait c'est que quelque chose venait de se passer entre ses élèves et lui, quelque chose de fort qui n'arrivait presque jamais. Sans doute ne s'étaient-ils jamais confiés de la sorte. Ils restèrent tous un long moment sans un mot, sans bouger, puis, un premier élève se leva, groggy, puis un second, puis un troisième et toute la classe suivit.

— Au revoir monsieur, dirent-ils en lui jetant un drôle de regard.

— Au revoir, répondit Louis d'une voix blanche.

Il ne s'aperçut même pas qu'il pleurait.

7

— On va savoir si c'est une fille ou un garçon ?

Anna sourit devant l'excitation de Louis. Ils l'avaient tellement attendue cette première échographie, cette douzième semaine d'aménorrhée. Elle se rappelait la tête que Louis avait faite en entendant ce mot. C'est vrai que c'était sacrément laid *aménorrhée*, ça faisait penser à logorrhée ou pire, gonorrhée, des choses pas très jolies, alors que c'était pour eux synonyme de joie.

— Je comprends votre impatience monsieur, mais ce n'est que l'échographie de datation, répondit la gynécologue. L'objectif aujourd'hui est de dater avec précision le début de la grossesse de votre femme et de vérifier le bon développement de votre bébé.

— Mais j'ai lu sur Internet que l'on pouvait déjà savoir.

Sarah Touati hocha la tête.

— C'est trop tôt pour être certain à cent pour cent, il faut normalement attendre l'échographie du second trimestre. Mais avec la méthode du bourgeon génital, je vais effectivement pouvoir vous le dire… Si votre bébé veut bien se positionner, bien entendu.

— C'est-à-dire ?

— Il faut qu'il soit de profil, ce qui n'est pas toujours le cas. C'est ce que nous allons voir.

Sarah lui sourit et enduisit le ventre d'Anna de gel avant d'appliquer la sonde sur son abdomen. Louis et Anna se tournèrent vers l'écran où apparurent de grosses formes grises et noires, avec une masse blanche au milieu, de forme oblongue et mouvante, comme un œuf, avec en bas une petite tache grise.

— Et voilà ! Je vous présente votre enfant ! Vous entendez ? C'est son pouls !

Louis fronça les sourcils.

— Il bat vite, non ?

— Non, ne vous inquiétez pas, il est normal et régulier.

Anna et Louis se serrèrent la main d'émotion : leur enfant était là, devant eux et tout allait bien.

— On dirait un haricot !

— Elle est énorme sa tête par rapport au reste ! C'est normal ?

— Oui, à cet âge-là, elle est quasiment aussi grande que son corps.

La gynécologue zooma.

— Voyez là, c'est le deuxième ventricule du cœur qui bat, dit-elle en désignant une forme blanche qui palpitait.

— Tout va bien, alors ? s'enquit Anna, les larmes aux yeux.

— Oui. Je vais maintenant prendre sa longueur cranio-caudale pour connaître l'âge de votre grossesse… Alors… Soixante-huit millimètres…

— Comme c'est petit !

— Ça fait quoi ? demanda Anna, essayant de se représenter un objet de taille similaire.

— La taille de votre auriculaire, ou d'un stick de rouge à lèvres, répondit la gynécologue.

Ils observèrent leurs mains, incrédules.

— C'est minuscule !

— Je comprends pourquoi tu ne sens rien ! rit Louis en posant la main sur son ventre.

La gynécologue reprit la parole :

— À trois jours près, l'âge de votre grossesse est de douze semaines d'aménorrhée.

— Ça veut dire qu'il ou elle va naître quand ?

La gynécologue calcula rapidement dans sa tête et dit :

— Aux alentours du 24 juillet.

Anna et Louis se serrèrent la main plus fort. Cette information rendait la naissance plus concrète. Ils pouvaient désormais se projeter vers cette date pour préparer au mieux l'arrivée de leur enfant.

— C'est quoi ça ? demanda soudain Louis en désignant une excroissance. C'est son zizi ? C'est un p'tit mec ?

Le Dr Touati sourit.

— C'est le tubercule génital. C'est ce qui va nous permettre de savoir si c'est une fille ou un garçon.

La gynécologue décala la sonde de quelques millimètres.

— Voilà, il est bien de profil…

— Il ? C'est un garçon ? questionna encore Louis, la voix pleine d'excitation.

— Il, le bébé, sourit-elle, amusée par son impatience. Il faut maintenant regarder l'orientation du tubercule génital. Je vais mesurer l'angle entre le plan lombo-sacré et le tubercule.

— Lombo-sacré ?

— La colonne vertébrale, si vous préférez.

La gynécologue inclina légèrement la tête, puis elle se tourna vers eux avec un sourire :

— Bien, je peux vous le dire avec 75 % de certitude maintenant.

— Attendez, on a parié ! Il faut être certain ! s'exclama Anna.

Elle les dévisagea surprise.

— Qu'avez-vous parié ?

— J'ai parié une fille. Lui, un garçon.

Sarah Touati hocha la tête :

— Eh bien, vous voyez, le tubercule est presque parallèle à la colonne vertébrale.

— Et donc ?

Elle fit durer le suspense quelques secondes puis annonça :

— Il faudra bien sûr le confirmer lors de l'échographie de morphologie… Monsieur, je suis désolée, mais je crois que votre femme a gagné ! Vous attendez une fille !

— Une fille ! Nous allons avoir une fille !

— C'est magnifique !

— À toi les levers la nuit pendant un mois, mon chéri ! s'exclama Anna en l'embrassant.

8

Par souci d'équité et pour ne froisser l'ego et les susceptibilités de personne, ils attendirent le traditionnel déjeuner dominical familial pour faire l'annonce. Il y avait autour de la table Florence – la mère de Louis –, son frère Jean, et les parents d'Anna – Dominique et François.

Comme à son habitude, ce dernier était lancé dans une diatribe sur la politique industrielle de la France, « À force de tout délocaliser, on n'a plus une usine, plus un ouvrier, c'est à cause de ça que le chômage est si haut ! », Louis en profita :

— Je suis tout à fait d'accord avec vous François. Le rétablissement de l'industrie française est la clé pour l'avenir du pays, celui de nos enfants, et surtout celui de vos petits-enfants…

Il avait prononcé le « vos » un peu plus fort, et l'avait ponctué d'un bref moment de respiration, ce qui provoqua un silence incrédule autour de la table. Chacun se dévisagea, pas certain de bien comprendre. Jean reposa son verre. François arrêta de couper sa viande.

— Vos petits-enfants ? demanda Dominique, les sourcils froncés.

— Oui…

Malgré leurs efforts pour se contenir, Anna et Louis ne purent s'empêcher de sourire, et c'est Florence qui s'écria la première :

— Je le savais ! Je le savais !

— Savais quoi ? répéta François, sans comprendre.

Les yeux humides, Dominique se tourna vers sa fille.

— Anna !

Elle lui répondit d'un hochement de tête.

— Ma chérie !

— Mais que se passe-t-il ? demanda François, ahuri.

Florence pleurait de joie.

— Je vais être grand-mère ! Je vais être grand-mère ! répétait-elle en les serrant dans ses bras, les joues inondées de larmes grosses comme des perles de joie.

— Tu vas être père ? J'y crois pas ! s'exclama Jean, en se passant les mains dans les cheveux.

— Mais il fallait le dire ! J'aurais apporté du champagne ! s'écria François.

— Et vous savez si c'est un garçon ou une fille ?

— Nous avons une petite idée, mais nous préférons attendre la seconde écho pour être sûrs !

— Moi j'aimerais bien une petite-fille, dit Florence, rêveuse.

— Oui m'man, on sait tous que t'aurais préféré une fille, désolé d'avoir pris sa place ! rigola Jean en se resservant un verre de rouge.

— Dis pas de bêtise !

— Je te rappelle que tu me faisais porter des robes quand j'étais gamin ! Des robes ! J'ai des photos !

— Des robes ! s'écria François.

— Mais pour qui me fais-tu passer ! C'était pour une fête déguisée !

Dominique passa une main sur le ventre encore plat de sa fille, incapable de réaliser qu'un petit bout de chou était en train d'y grandir.

— Et vous avez des idées pour le prénom ?

— Oui, mais rien de définitif.

— Et vous ne le saurez de toute façon qu'à la naissance, précisa Louis dans un sourire.

— Et pourquoi pas Paul, comme ton grand-père ? Ou François comme moi ?

— Papa !

— Excusez-moi mon cher, mais François, pour un enfant, c'est pas très moderne, rigola Florence.

— Comment ça ? J'ai été enfant, je vous signale, et j'ai très bien vécu avec ce prénom !

— Dans les années soixante, mais aujourd'hui ?

— Il y a plein de François justement !

— Ah oui ? Qui ?

— Euh… François Ier… François Feldman…

— Mais oui effectivement, c'est très tendance !

— Euh… François Valéry aussi !

— Encore mieux !

— Vous oubliez le plus grand de tous… fit Jean, moqueur.

— Qui ça ?

— François Hollande !

Ils éclatèrent de rire.

— Vous êtes bêtes !

— Et si c'est une fille ? demanda Dominique pour éviter que son mari ne se vexe réellement. Constance ?

— Comme mamie ! Non, maman !

— Mais laissez-les tranquilles ! Ils vous disent qu'ils n'y ont pas encore réfléchi ! s'exclama Florence.

Puis, elle baissa la voix et dit sur le ton de la confidence :

— Mais si jamais vous n'avez pas d'idées, sachez que Katell ou Florence me feraient très plaisir !

9

Quoi qu'il pût arriver, catastrophes, maladies, mariages, naissances, bonheurs, malheurs, Louis, Oli et Jo se voyaient chaque mercredi pour dîner et boire un verre. Immuablement entre hommes. « Entre mâles », comme le disait Anna en souriant.

Ils se connaissaient depuis l'école primaire. Ils se souvenaient parfaitement de ce jour pluvieux de septembre où la maîtresse les avait appelés, un par un… Ils se souvenaient de ces regards remplis de doute, d'excitation et de curiosité : celui-là deviendra-t-il mon copain ? Et celui-ci, jouerai-je avec lui ? Et cet autre-là, partagerai-je mon goûter avec lui ?

Jo, Oli et Louis. Les trois inséparables. JOL comme ils avaient baptisé leur groupe de rock avec les premières lettres de leurs prénoms.

Dès la première récréation, ils s'étaient retrouvés tous les trois devant le grand chêne au milieu de la cour. Il y avait eu quelque chose de chimique entre eux quand ils s'étaient présentés en se serrant la main, comme les grands : « Moi, c'est Louis », « Moi c'est Jonathan, mais tout le monde m'appelle Jo», «Et moi, c'est Olivier.» Ils ne s'étaient plus quittés. Pourtant, ils étaient très différents.

Physiquement d'abord: Jo était blond aux yeux bleus, quand Oli et Louis étaient bruns aux yeux marron. Jo était petit quand Oli était grand et rond et Louis de taille moyenne.

Psychologiquement ensuite: Jo était l'intrépide, le casse-cou inconscient, celui qui revenait toujours avec les genoux écorchés ou un bras en écharpe. Oli était la force tranquille, le doux géant posé et réfléchi. Enfin, on le croyait réfléchi jusqu'à ce qu'il devienne père à son troisième rapport sexuel avec une femme qu'il n'aimait pas. Et Louis était l'artiste de la bande, la tête dans les nuages, les pieds dans une réalité rêvée.

Ce soir-là, ils s'étaient donné rendez-vous au bar Chez Gérard, un troquet qu'ils aimaient et qui sentait bon les années quatre-vingt, avec son vieux flipper, ses affiches de The Cure et Madonna, et ses objets oubliés, ses téléphones à cadran, ses minitels, ses walkmans et ses tableaux de pin's.

— Alors Jo, comment vont les jumeaux?

— Je n'en peux plus. Je croyais déjà vivre l'enfer à me lever toutes les nuits. Mais maintenant, Sasha fait des terreurs nocturnes! Des terreurs nocturnes, t'imagines?

— C'est quoi ça?

— Il se réveille la nuit et hurle comme si Chucky était dans son lit. Franchement, il me fait flipper parfois. Du coup, il réveille Noah qui pleure, crie et ne dort plus. Un cercle infernal !

— Dur.

— Ouais. Je comprends mieux les parents qui secouent leurs gamins contre un mur ou qui les foutent dans le congélateur !

Il éclata de rire.

— Heureusement que Sarah est là pour gérer, je ne sais pas comment elle fait. Parce que moi je n'en peux plus. Je dors même avec des boules Quies !

— Un beau résumé de la différence entre instinct maternel et paternel, dit Oli en souriant.

— Oui, ça doit être ça !

— Et toi, Oli, tout va bien ?

— J'ai Luka ce week-end. J'ai l'impression qu'il grandit d'un an à chaque fois que je le vois. Il fait déjà un mètre soixante !

— Presque aussi grand que moi ! siffla Louis entre ses dents.

— Oui. Bientôt il sera suffisamment fort pour me mettre une baffe quand on ne sera pas d'accord. Et je peux te dire qu'on l'est pas souvent. Je crois que sa mère le monte contre moi ! Il critique tout ce que je dis, tout ce que je fais !

— Ah bon ?

— Oui, j'ai l'impression de tout faire mal avec lui. Il a dix ans et il critique tout ! La propreté de mon appart, la manière dont je m'habille, ma télé qui est trop petite…

— Dur.

— Et les relations avec Ludivine, c'est toujours le froid polaire ?

— Non, ça va mieux depuis qu'elle a un nouveau mec. Je l'ai rencontré dimanche dernier. Je crois qu'elle a fait exprès de me le présenter pour bien me montrer combien elle réussissait sa vie sans moi. Le mec roule en Porsche, il a deux montres aux poignets ! Deux ! Une caricature du flambeur…

Jo et Louis échangèrent un regard compatissant.

— Tu lui as dit quoi ?

— Rien de spécial. J'ai dit bonjour, jolie voiture, prenez soin de mon fils, baisez bien sa mère et moi je dois y aller, mon RER m'attend !

Ils éclatèrent de rire.

— Bon… et toi Loulou ? Avec Anna, quand est-ce que vous faites un pote à nos fils ?

La bouche pleine, Louis ne répondit pas tout de suite. Il finit sa gorgée de bière, et reposa son verre au ralenti.

— Vos deux exemples ne donnent pas beaucoup envie, je dois dire…

— Enfoiré ! s'écria Oli en lui tapant l'épaule.

— Désolé, mon pote, fit Jo.

— Oui, vous pouvez être désolés… Mais je crois que je vais quand même faire comme vous…

Oli et Jo se regardèrent, pas certains de comprendre. Louis sourit, laissa passer quelques secondes et annonça :

— On va avoir un bébé ! Et c'est pour juillet !

Jo faillit recracher sa bière, et le visage d'Oli se fendit d'un immense sourire.

— C'est pas vrai !

— Quelle bonne nouvelle ! Et vous le savez depuis quand ?

— Quelques jours !

— Je suis tellement heureux pour vous ! s'exclama Oli en tapant dans ses mains.

Ils se levèrent par-dessus la table pour embrasser Louis, dans une effusion amicale et virile qui fit sourire les clients autour d'eux.

— Bon, si c'est une fille, mes fils mettent une option pour un mariage dans trente ans ! s'écria Jo hilare.

— Moi, je vais attendre de voir à qui elle ressemble. Si c'est à toi Loulou, je la laisse aux fils de Jo ! Par contre, si c'est le portrait craché d'Anna, là…

4e MOIS

FÉVRIER

10

Louis comprit immédiatement que quelque chose n'allait pas. À la voix sombre du Dr Lalonde, d'abord, lorsqu'au téléphone il lui demanda de venir le plus vite possible. Et à son visage grave ensuite lorsqu'il entra dans son cabinet. Le vieux médecin n'avait plus l'air enjoué de la semaine précédente. Une inquiétude s'était emparée de lui, accentuant ses rides et son âge.

— Votre numération de formule sanguine est anormale. Vous avez une quantité de globules blancs trop élevée et un nombre de globules rouges, de plaquettes et de polynucléaires trop bas.

Louis le regarda les yeux ronds, comme s'il lui avait parlé chinois.

— Anormale, ça veut dire quoi ?

Le docteur retira ses lunettes et soupira :

— Je suspecte une leucémie aiguë.

— Une leucémie ? répéta Louis, abasourdi.

Il en avait déjà entendu parler, mais il ne savait pas ce que cela signifiait concrètement.

— Oui, un cancer du sang, répondit-il avec compassion.

Cancer. Ce mot angoissant l'accabla sur sa chaise. Louis vit aussitôt le visage chauve et décharné de son oncle Philippe, emporté par un cancer des poumons trois ans plus tôt. Un poids terrible lui écrasa la poitrine, et il eut soudainement du mal à respirer. Ses pensées s'entrechoquèrent dans son esprit, les mots cancer, maladie et mort, hurlèrent dans sa tête, dans un vacarme infernal.

— Je vais mourir ? demanda-t-il d'une voix étranglée.

— Louis, il faut que vous vous rendiez immédiatement au service d'hématologie de la Pitié-Salpêtrière.

— Mais qu'est-ce qu'ils vont faire ?

— Ils vont vous faire un myélogramme pour analyser les cellules de votre moelle osseuse et confirmer ou non le diagnostic.

— Un myélogramme ?

— Oui, c'est un prélèvement de moelle osseuse sous anesthésie locale, par ponction dans le sternum ou dans l'os du bassin. Ce geste…

Louis ne le laissa pas finir sa phrase :

— Dans le sternum ou le bassin ? répéta-t-il effrayé, avec des images terribles dans la tête. Mais c'est douloureux ?

— Non, pas vraiment et la ponction ne dure que quelques secondes…

Louis détestait déjà les simples piqûres, alors l'idée d'une ponction dans le sternum lui souleva l'estomac. Le médecin écrivit quelque chose sur un papier qu'il lui tendit :

— Tenez, voici une lettre pour le professeur Lévy. C'est le chef du service d'hématologie. Avec lui vous serez entre de bonnes mains, c'est un excellent médecin.

Louis prit la feuille machinalement, sans comprendre ce qui lui arrivait.

— Je dois y aller maintenant ? bredouilla-t-il d'une voix faible.

— Oui, il ne faut pas perdre de temps.

11

Ils attendaient les résultats. Assise sur la chaise à côté de Louis, Anna lui tenait la main, protectrice. Elle essayait de le rassurer. Le Dr Lalonde s'était peut-être trompé, il était vieux, proche de la retraite, il avait peut-être mal lu les résultats, commis une erreur de diagnostic, c'était possible. Mais au fond d'elle-même, elle était morte de peur. Elle savait très bien ce qu'une leucémie aiguë impliquait. Elle avait regardé sur Internet, et elle s'était mise à pleurer : *La leucémie aiguë est un cancer du sang et de la moelle osseuse. Son évolution est très rapide en l'absence de traitement. Le taux de survie à cinq ans est de 27 %.*

Elle s'en voulait tellement de ne pas avoir convaincu Louis de se rendre chez le médecin plus tôt. Lui restait muet, observant avec inquiétude le ballet incessant du personnel soignant, des brancards et des malades qui continuaient à affluer, seuls, à deux ou en famille. Ils étaient de tous les âges, des enfants, des adolescents, des parents, des grands-parents.

« Tout va bien, tu n'es pas malade, tout va bien, tu n'es pas malade ! » se répétait-il.

« Ta fatigue, c'est dans la tête, tu t'es inquiété pour rien ! »

« Tu es trop jeune, trop amoureux, trop heureux ! »

« Tu seras là pour ta fille ! »

Avoir un cancer lui semblait tellement insensé. Il ne fumait pas, ne se droguait pas, buvait et mangeait avec modération… Il n'avait rien fait pour mériter ça à son âge.

Une infirmière apparut et appela d'une voix forte : « Louis Le Gall ! »

C'était son tour. Ils allaient savoir. Si la vie les laissait profiter de leur bonheur ou si elle décidait de tout arrêter, là, maintenant, et de leur reprendre tout ce qu'elle leur avait promis.

Le professeur Lévy était un homme d'une cinquantaine d'années, au regard bienveillant et à la voix délicate, une voix habituée à envelopper les mauvaises nouvelles de douceur et d'espoir. Combien de malades avait-il rencontrés au cours de sa carrière ? Combien d'hommes, de femmes et d'enfants avait-il vus s'effondrer désespérés par ses annonces ? Beaucoup trop sans doute, et c'était à chaque fois une épreuve pour lui.

— Les résultats du myélogramme confirment malheureusement les premières analyses. Vous avez une leucémie myéloïde aiguë, dit-il, désolé.

Sous le choc, Anna et Louis ne réagirent pas tout de suite. Myéloïde. On entendait le mot « miel », mais c'était la mort qui se cachait derrière ce nom. Il fallait le changer ce mot. L'appeler « poisonoïde », « mortoïde » ou quelque chose comme ça, pour bien comprendre que ce n'était pas le monde des abeilles et de Winnie l'ourson qui vous attendait, mais celui des malades en chimio qui perdaient leurs cheveux, leurs forces, et leur vie peu à peu.

— Nous allons commencer le traitement d'induction, une polychimiothérapie intensive pour détruire les cellules leucémiques dès demain.

— Dès demain ! gémit Louis, affolé. Mais ça va durer combien de temps ? J'ai des cours à donner, mes élèves préparent le brevet…

— Quatre semaines, le temps que…

Louis le coupa :

— C'est impossible ! Nous avons des dîners, des week-ends et nous devons partir en vacances au Sri Lanka, pour fêter nos douze ans ! poursuivit-il, dans un flot ininterrompu, comme si cette énumération pouvait suffire à faire changer le professeur d'avis et éloigner la maladie.

— Lou…, dit Anna en lui prenant doucement le bras.

— Monsieur Le Gall, vous êtes malade. La leucémie est déjà très développée, nous n'avons pas le choix. Le traitement va détruire les cellules leucémiques mais aussi les cellules normales de la moelle et du sang. Vous serez alors en état d'aplasie médullaire, c'est-à-dire que vous n'aurez plus de globules blancs pour vous défendre contre les agents infectieux ni de plaquettes pour empêcher les saignements. C'est pour ça que vous resterez ici en chambre stérile, à l'isolement, pour vous protéger et recevoir des transfusions plaquettaires et globulaires.

— Je ne comprends rien, parlez moins vite s'il vous plaît, dit-il affolé.

Le professeur Lévy leur expliqua la prise en charge, d'une voix posée et calme. Il parlait lentement, pour qu'ils puissent encaisser la violence de chacun des mots. Si tout se passait bien, la chimiothérapie se déroulerait sur six mois avec une première phase d'induction pour détruire les cellules leucémiques. Si la rémission complète était obtenue, c'est-à-dire s'il restait moins de 5 % de blastes intramédullaires, il passerait à la phase deux, avec le traitement de consolidation. Puis enfin la phase trois, avec le traitement d'entretien.

Il évoqua les anomalies chromosomiques, l'anthracycline, les protocoles 7 et 3, la cytarabine et la daunorubicine, des mots barbares qui résonnaient comme des coups de poignard dans leurs cœurs.

La mort venait de surgir dans leur vie, comme une vague scélérate emportant tout sur son passage.

Anna sentit les larmes monter, son estomac se soulever. Elle se mordit les joues pour ne pas pleurer et elle prit le visage de Louis entre ses mains, son beau visage encore intact. Il était magnifique dans sa fragilité et son désespoir. Personne ne pouvait se douter qu'il était déjà bien malade.

— On va se battre ensemble mon amour…

— Mais quelles sont mes chances de survie ? demanda Louis, la voix tremblante.

Anna le sentait près de tomber de sa chaise.

— Je ne peux pas me prononcer à ce stade. Nous devons attendre les résultats de la chimiothérapie. J'espère que nous obtiendrons une rémission après la phase d'induction.

— Mais il ne va pas mourir ? s'écria Anna.

— Nous allons tout faire pour que vous guérissiez. Vous êtes jeune, vous avez de bonnes chances de survie. Mais je ne peux pas vous donner de faux espoirs non plus. Cela va être un dur et long combat.

Anna prit Louis dans ses bras. Il ne réagissait pas, écrasé par la violence de cet ascenseur émotionnel. Tout se bousculait dans son esprit. Il pensait à Anna, à leur enfant, à ce bonheur qu'il avait cru toucher du doigt. Tout allait trop vite, c'était un tourbillon insensé. En quelques semaines, il avait appris les deux plus grandes nouvelles de son existence : Anna allait donner la vie, et lui peut-être rencontrer la mort. Le matin, il était un homme heureux, un futur père de famille aimant, plein de confiance en l'avenir, et le soir, il se retrouvait malade et hospitalisé, avec une espérance de vie de quelques mois à peine. Quelques mois. Il était désormais plus proche de la mort que de la naissance de son enfant. Quel crime avait-il commis pour mériter ça ?

12

Par la fenêtre entrouverte, Louis regardait le ciel bleu et limpide de cette fin d'hiver. Le ciel l'avait toujours émerveillé. Enfant, il passait des après-midi la tête dans les nuages, à les observer danser. Il examinait leurs formes, leurs dessins, ici un oiseau, là un ourson ou une fleur, se demandant si c'était un langage, s'ils communiquaient entre eux… Le ciel devenait pour lui une toile qu'un peintre invisible couvrait de messages à destination des hommes.

La porte s'ouvrit et Estelle Philomin, une infirmière à l'accent guadeloupéen, entra dans la chambre. On ne voyait que ses grands yeux noisette derrière son masque et sa charlotte.

— Bonjour monsieur Le Gall ! Je suis Estelle, et c'est moi qui vais m'occuper de vous ces prochaines semaines !

— Bonjour ! Mais pas de monsieur, s'il vous plaît ! Appelez-moi Louis ! Nous avons à peu près le même âge en plus, je ne suis pas un grand-père mourant ! répondit-il dans un sourire.

— Vous êtes gentil, mais je crois que je suis un peu plus vieille que vous ! rigola-t-elle de sa voix chantante.

Louis se redressa dans le lit.

— Ah oui ? Et quel âge me donnez-vous ?

Elle le dévisagea :

— Vous n'êtes pas au top de votre forme, mais vous avez vingt-cinq ans, pas plus !

— Vous me faites plaisir ! J'en ai cinq de plus ! Et vous ?

— Haha, je ne compte plus depuis que j'ai dépassé les trente !

— L'an dernier, c'est ça ?

— Oh non, c'était il y a trop longtemps malheureusement !

L'infirmière fit le tour du lit et le regarda.

— Vous savez ce qui vous attend ces prochains jours ?

Louis secoua la tête. Il était tout pâle.

— Je vais vous le redire alors. On va vous poser un cathéter veineux central sur le thorax pour vous administrer votre traitement pendant dix jours et…

Louis se raidit instinctivement sur le lit, les yeux tournés vers le plafond. Elle le regarda avec compassion :

— Ne vous inquiétez pas, c'est normal d'avoir peur. Mais tout va bien se passer, dit-elle d'une voix douce. L'association de la daunorubicine pendant trois jours et de la cytarabine pendant sept jours est radicale. Vous verrez, ça va les détruire vos cellules cancéreuses ! Faites-moi confiance !

Louis se mit à respirer plus lentement pour se calmer.

— Vous avez des enfants ? demanda-t-il au bout d'un moment.

— Une fille, oui.

— Comment s'appelle-t-elle ?

— Mia.

— C'est joli. Quel âge a-t-elle ?

— Six ans !

Il hocha la tête, et resta silencieux un moment. Estelle hésita. Elle ne savait pas s'il voulait parler encore ou si elle pouvait aller voir la chambre suivante. Elle était déjà en retard sur son planning, mais elle connaissait l'histoire de Louis, et elle ne pouvait se résoudre à abandonner ce patient à l'air si désemparé.

— Ma femme attend une fille, aussi. Nous n'avons pas encore choisi son prénom…

— Il ne faut pas se tromper, sourit-elle.

— Non. Nous hésitons entre Jade, Léa et Julia.

— Ce sont de beaux prénoms.

— Vous trouvez ?

— Oui.

— Lequel préférez-vous ?

L'infirmière leva les yeux pour réfléchir et dit :

— J'aime bien Léa. Quand doit-elle naître ?

— En juillet… Mais je ne serai peut-être pas là pour la voir grandir…

Sa voix se serra dans sa gorge et il détourna le regard.

— Ne dites pas ça, Louis. Vous allez vous battre. Et nous allons nous battre ensemble ! Et nous allons gagner ! assura-t-elle avec conviction.

— Vous croyez ?

— Bien sûr ! Vous n'êtes pas le premier à passer par ici. Et nombreux sont ceux qui sont sortis guéris. Et ils étaient bien plus mal en point que vous !

Louis sourit. Elle lui faisait du bien cette infirmière avec son énergie joyeuse. Elle était un rayon de vie dans cette chambre qui avait tant vu passer la mort. Son regard se posa sur sa bague :

— Vous êtes mariée ?

— Oh oui, ne m'en parlez pas ! J'ai fait cette erreur comme beaucoup trop de monde ! rigola-t-elle. (Elle indiqua son ventre de la main.) Et j'attends même le petit frère de Mia !

— Oh ! Félicitations !

— Merci !

— Vous avez déjà choisi son prénom ?

— Pas encore ! Mais je dois vous dire que j'aime beaucoup le vôtre ! Louis Philomin, ça sonne bien, non ?

— Oui, je trouve aussi !

Elle posa sa main sur son bras et le regarda droit dans les yeux.

— Bon, on va passer un marché. Si vous me promettez de vous battre de toutes vos forces pour guérir, et voir grandir votre fille, j'appelle mon fils Louis ! Deal ?

Il sourit :

— Marché conclu ! Encore faut-il que votre mari accepte !

— Ne vous inquiétez pas pour ça ! C'est moi qui commande à la maison !

Ils rirent de bon cœur, puis elle regarda sa montre.

— Je dois y aller, Louis. Soyez fort et courageux pour votre femme et votre fille ! Elles auront besoin de vous !

13

Les premiers jours de traitement furent terriblement éprouvants. Louis se battait contre lui-même. C'était une guerre civile qui éclatait dans son corps, cellule contre cellule, plaquette contre plaquette, globule contre globule. Le professeur Lévy l'avait prévenu, mais on n'est jamais prêt à affronter une chimio.

Louis souffrait, vomissait, avait des diarrhées, d'atroces maux de tête. Estelle lui disait de tenir, c'était pour son bien, le traitement ne durait que dix jours, il devait penser à sa fille, à sa femme, c'était pour elles qu'il endurait cette épreuve. Mais il n'avait qu'une envie, arracher ce cathéter enfoncé dans son thorax, ce tube maudit qui lui infiltrait en intraveineuse un poison destructeur qui anéantissait tout sur son passage, les cellules cancéreuses comme les saines.

Pour la première fois de sa vie, Louis prenait conscience de sa mortalité. À trente ans. C'est tôt quand on a une espérance de vie de soixante-dix-neuf ans.

Avant, il ne pensait jamais à la mort. Jamais. La mort, c'était pour les autres. Pour les vieux, les malades. Pour les pays en guerre qu'on voit à la télé et qu'on oublie aussitôt.

On dit que la mort donne son sens et sa saveur à la vie. Son caractère exceptionnel. Mais c'est faux. Elle allait le priver du meilleur. C'était comme si on lui avait annoncé que la fête était finie alors qu'il venait à peine d'arriver sur la piste de danse.

C'était inouï de se dire que du jour au lendemain, il n'y avait plus rien. Qu'à trente ans, on pouvait partir alors qu'on avait tant de souvenirs à écrire. Qu'à trente ans, on pouvait mourir alors que son premier enfant n'avait pas encore souri.

Pourquoi lui ? Qu'avait-il fait pour mériter ce châtiment ? C'était injuste. Et il ne pouvait en vouloir à personne. Ni à lui-même. Il n'y était pour rien. C'était la vie qui avait décidé de sa maladie. Il n'avait aucun coupable à chercher, aucun bourreau à haïr ! Ni de chauffard bourré, ni de terroriste haineux, ni d'addiction au tabac ou à la drogue. Il n'y avait strictement personne à qui en vouloir, si ce n'est à Dieu. Mais ni Anna, ni Louis n'y croyaient.

Les jours passaient, toujours plus longs et toujours plus durs. Abruti par les médicaments, Louis ne différenciait plus le matin de l'après-midi, le lundi du jeudi. Quand on est enfermé dans une chambre d'hôpital, on se déshabitue à tout, le jour et la nuit, les bruits de la ville, les sonorités de la vie. Tout était trop calme, tout était trop sourd, il avait l'impression d'être dans un tunnel qui le menait vers la mort, stérilement, tranquillement.

Même la nourriture avait le goût de la maladie. En regardant les assiettes aux couleurs ternes et verdâtres, Louis pensait aux bons petits plats d'Anna, à ses *penne all'arrabbiata*, son poulet basquaise, son fondant au chocolat. Il pensait aux crêpes salées et sucrées de sa mère, à son kouign-amann… Qu'est-ce qu'il aurait donné pour en avoir ne serait-ce qu'une bouchée !

À la fin de chaque service, c'était la même scène qui se déroulait. Estelle regardait le plateau avec un air de reproche, et secouait la tête.

— Vous n'avez quasiment rien mangé, Louis.

— Vous en mangeriez, vous ?

Elle souriait tristement.

— Je sais, c'est pas le restaurant, mais il faut finir votre assiette. Vous ne pouvez pas vous laisser maigrir comme ça. Vous avez besoin de forces pour combattre la maladie.

Heureusement, il y avait les visites pour tenir le coup. Anna venait le voir tous les jours. Louis la regardait en souriant tristement :

— Désolé de gâcher tes vacances mon amour…

— Ne dis pas de bêtises.

— Nous devrions être en train de surfer ou de siroter un cocktail sur une plage… Au lieu de ça, tu viens me voir ici…

— Nous aurons toute la vie pour voyager, répondit-elle en lui caressant le visage. Au Sri Lanka, en Argentine, en Chine, au Japon… Nous ferons de magnifiques voyages mon amour, je te le promets.

Louis la trouvait si belle dans sa grossesse. Elle resplendissait alors que lui ne cessait de se dégrader. Il lui demandait d'enlever son masque pour la voir sourire, de soulever sa charlotte pour caresser ses beaux cheveux clairs, de remonter sa blouse pour effleurer son corps.

— Ça va, tu n'es pas trop fatiguée ? demanda-t-il.

— Ce n'est rien comparé à toi.

— Et comment s'est passée la visite prénatale ?

— Très bien. La sage-femme m'a dit que tout allait bien. Il n'y a pas de risque de trisomie 21 et je suis immunisée contre la toxoplasmose.

— Je suis content, dit-il soulagé.

Sa mère l'appelait tous les jours, pour le soutenir et lui dire qu'elle priait pour lui, elle l'athée convaincue. Et comme elle ne pouvait affronter seule la vision de son fils malade, c'était trop dur pour son petit cœur fragile, elle demandait à Jean de l'accompagner et arrivait à son bras, amaigrie elle aussi, le visage bouleversé par la détresse.

— Tu vas t'en sortir mon fils !

— Oui, maman.

— Tu le promets, hein ? Tu ne vas pas nous laisser tout seuls ?

— Faut que tu te battes, frérot !

— Promis.

Ils se prenaient dans les bras, tous les trois, et ils pleuraient, se jurant qu'ensemble ils étaient plus forts que le cancer, plus forts que la mort. Ils avaient traversé tant d'épreuves, tant de joies aussi. Ce n'était pas une putain de maladie qui allait les séparer ainsi !

Quand les deux frères se retrouvaient seuls, Jean lui parlait de ses soirées, de ses coups d'un soir, de ses rencards Tinder ou AdopteUnMec. Ces moments faisaient du bien à Louis, ça lui changeait les idées.

— Regarde, dit-il en lui montrant une photo d'une brune très jolie, aux yeux noirs d'Italienne. Elle est canon, hein ?

— Oui, très.

— Eh bien, au bout de dix minutes, on n'avait plus rien à se dire. Gros blanc. J'ai essayé de relancer, mais rien, nada. Elle a fini son café et m'a dit : « Bon, on arrête là ! » T'imagines la violence du truc ?

Ils se mirent à rire.

— Heureusement, j'ai rencontré Mylène hier soir, à un concert.

Il lui montra une photo d'une brune au regard de braise avec un tatouage qui remontait de l'épaule jusqu'au cou.

— Elles se ressemblent toutes tes meufs, dit Louis.

— Tu trouves ?

— Oui. Brunes. Regards noirs. Avec si possible des tatouages.

Jean fronça les sourcils et fit défiler les photos de ses dernières *dates*.

— Ah ouais, t'as raison, j'avais jamais remarqué.

— Tu devrais partir en Italie. Pour toi, ça serait le paradis !

Jo et Oli venaient également le soutenir dès qu'ils le pouvaient. Jo racontait des conneries, des blagues pas très drôles mais qui les faisaient quand même rire parce qu'il y mettait tout son cœur. Oli ne savait pas quoi dire, ni quoi faire de ses grosses mains et de son grand corps, alors c'est Jo qui parlait pour lui :

— Tu sais qu'Oli a chopé dans un bar, le week-end dernier ?

— Ah bon ?

— Oui, une petite rousse pas mal, je dois dire. Un peu grassouillette mais du coup les deux font la paire.

— Enfoiré va !

— Tu les aurais vus se bécoter sur la piste de danse ! De vrais ados !

Éclatant de rire, Jo lui avait montré la scène qu'il avait filmée : la fille était minuscule dans les bras d'Oli, elle lui arrivait à peine à la poitrine.

— Tu vas la revoir ?

— J'aurais bien aimé, mais j'étais trop bourré, j'ai oublié un chiffre en prenant son numéro…

Lorsqu'il était seul sur son lit d'hôpital, seul avec sa maladie, Louis pensait à toutes ces choses qu'il ne ferait peut-être pas avec sa fille. Des moments de complicité simples et anodins pour les vivants en bonne santé, mais qui prenaient pour lui une saveur rare, presque miraculeuse, devenant autant d'éléments indispensables au bonheur.

Louis voulait la regarder dormir, se pencher sur son front calme, en se demandant à quoi elle pouvait bien rêver, aux anges, aux princesses, à sa maman ou son papa. Il voulait assister à ses réveils, les yeux pleins des rayons du soleil. Il voulait se lever la nuit pour la prendre dans ses bras, lui dire je t'aime, la couvrir de baisers, et la rendormir en fredonnant une chanson qu'il aurait écrite pour elle. Les réveils à deux ou trois heures du matin énervent et épuisent les adultes, mais Louis en rêvait. Si on lui demandait de signer là, à cet instant, pour l'obliger à se lever toutes les nuits jusqu'à la fin de sa vie, et avoir ainsi la chance de bercer sa fille, il le ferait sans hésiter.

Louis voulait assister à ses premiers pas, à ses premières chutes entre rires et larmes. Que représente un pas quand on en a fait des millions ? Rien, on n'y pense plus. Mais pour un bébé, pour un enfant, pour sa fille, chaque pas serait une victoire qu'il voulait célébrer.

Quand il s'imaginait guéri, il pouvait voir sa fille grandir, si belle et si blonde, avec le visage et le regard océan d'Anna. Puis, la peur revenait soudain et s'immisçait à nouveau en lui : la maladie allait le priver de la fierté de la conduire à l'école, comme tous les pères. Il en avait vu de toutes sortes, des papas pressés qui s'en vont en râlant parce qu'ils vont arriver en retard au travail. Des papas gâteaux qui font des signes depuis la grille jusqu'à ce que leur enfant disparaisse derrière la maîtresse. Des papas qui auraient bien aimé garder leur enfant pour jouer un peu plus longtemps encore avec lui. Quelle sorte de papa serait-il si la vie lui laissait le temps ?

Louis rêvait d'aller au cinéma avec elle, de rire et chanter ensemble devant un dessin animé, en mangeant du pop-corn et des bonbons. Il imaginait ses éclats de rire cristallins. Un rire, c'est tellement banal pour un cœur blasé d'adulte, mais Louis aurait tout donné pour en entendre ne serait-ce qu'un seul. Car le rire d'un enfant vaut tout l'or du monde. Tous les printemps sont possibles, tous les espoirs permis. Le rire rouvre en nous toutes nos fleurs fanées, faisant disparaître nos douleurs et nous remplissant de vagues de douceur.

Louis voulait la voir tournoyer dans des jupons de princesse, la surprendre juchée sur les escarpins d'Anna, en train de se badigeonner le visage de rouge à lèvres comme les grandes. Il y avait tant de choses qu'il voulait faire…

Et lorsque les cauchemars et les ombres menaçantes de son avenir l'envahissaient, Louis pensait à tous ces moments précieux à vivre, et il reprenait courage, comme un guerrier sur le champ de bataille. Il allait se battre. De toutes ses forces. De tout son cœur. Pour le bonheur d'Anna, et de leur fille.

5^{E} MOIS

MARS

14

Lorsque Louis rentra chez lui après ces quatre semaines d'hospitalisation, il avait perdu cinq kilos et une bonne partie de ses cheveux. La crinière de rockeur bouclée qu'il portait depuis l'adolescence n'était plus qu'un lointain souvenir.

Il retrouva son territoire, son appartement, son canapé, son bureau, mais il eut le sentiment d'un vide immense. Sa vie avait complètement changé. Son quotidien n'existait plus. Il n'avait plus rien. Plus de raison de se lever tôt le matin. Plus de cours à donner, d'élèves à motiver et de savoirs à transmettre.

Plus rien à faire que prendre ses médicaments et attendre son rendez-vous pour effectuer la biopsie de sa moelle osseuse. Dans deux semaines, il saurait si la chimio avait marché, ou non. Si la vie le laissait vivre son bonheur, ou non.

— On va prélever un petit échantillon au niveau de l'os de votre hanche pour déterminer si la moelle osseuse est touchée ou non par la leucémie, lui avait dit le professeur Lévy.

Louis avait regardé sur Internet, vu des photos de malades couchés sur le côté, une aiguille énorme enfoncée dans la peau jusqu'à l'os. Il avait lu des témoignages sur la douleur qui persistait plusieurs jours et il avait le ventre noué rien que d'y penser.

Lorsque Anna quittait leur appartement pour se rendre au lycée, Louis restait au lit, enroulé dans le drap, serré contre un oreiller, les yeux fixés sur le plafond ou la fenêtre, attendant que le temps passe, ne sachant que faire.

Il se levait vers neuf ou dix heures, et se forçait à ingurgiter un petit-déjeuner, lui qui le sautait souvent lorsqu'il était encore en bonne santé. Le professeur Lévy avait été très clair à ce sujet. Même si les médicaments et les nausées coupaient l'appétit, il fallait manger trois fois par jour minimum pour perdre le moins de poids possible. Mais manger était devenu une épreuve. Louis ressentait un goût métallique dans la bouche, certains aliments lui paraissaient fades, d'autres amers, il ne reconnaissait plus les mets qu'il aimait. Alors il ingurgitait sans plaisir ce qu'il pouvait, un yaourt, une pomme ou une banane, une tartine de pain aux céréales avec du beurre et de la confiture, sans pouvoir distinguer ses saveurs préférées, orange et abricot. Son palais les avait oubliées.

Puis il s'allongeait sur le canapé, un plaid sur ses pieds désormais toujours froids, et essayait de lire ou de regarder un film, mais il ne parvenait pas à se concentrer plus de quelques minutes, alors il terminait devant des jeux télévisés ou sur Instagram, à faire défiler le bonheur d'inconnus (regardez comme je profite de la vie pendant que vous ratez la vôtre), en se disant qu'à ce moment précis, l'existence d'une mamie en Ehpad était sans doute plus excitante que la sienne.

Après le déjeuner, du poulet ou des œufs, avec des pâtes ou des légumes, Louis sortait effectuer une demi-heure de marche rapide, comme le lui avait demandé le professeur Lévy.

— Vous devez faire un minimum d'exercice physique Louis, c'est important que vous vous entreteniez après le traitement.

Puis il rentrait et passait l'après-midi sur le canapé ou dans le lit à attendre Anna.

Dans un moment de déprime, Louis se rasa la tête. Il ne supportait plus ces touffes de poils clairsemées. Il détestait son reflet dans le miroir, lui qui ne l'avait jamais vraiment aimé. Comme les autres cancéreux qu'il avait côtoyés à l'hôpital, la maladie avait pris possession de son visage, et comme eux, il suscitait la peine et la pitié de ceux qu'il croisait : « Lui est malade, lui a un cancer et il est en train de mourir », se disaient-ils.

Il entendait déjà le rire de Jo devant son crâne aussi lisse qu'une boule de bowling :

— Ça y est ! T'es plus chauve que moi, maintenant ! Bienvenue dans le cercle très fermé et redouté des chauves de trente ans !

Au moins, Louis savait à quoi il aurait ressemblé vieux et déplumé comme papy François. Et ce n'était pas joli. Vraiment pas. Il n'était plus le même homme. Son crâne avait une forme qu'il ne connaissait pas, ovale comme un œuf. Son front lui paraissait énorme sans ses boucles brunes. Il ne s'était jamais trouvé beau, il était devenu laid.

Louis eut envie de pleurer. En plus de lui prendre la vie peu à peu, la maladie lui retirait son apparence, détruisant ses traits lentement, sadiquement. Il était terrorisé par la perspective de ne plus jamais redevenir lui-même. Devait-il dès à présent faire le deuil de son identité ? Et si lui ne s'aimait plus, Anna l'aimait-elle toujours ?

— Comment tu me trouves ? lui demanda-t-il un soir.

— Chauve ! répondit-elle avec un sourire.

— Je suis devenu moche, pas vrai ?

— Non, tu es toujours aussi beau, mon amour.

— S'il te plaît, ne me mens pas.

— Je ne mens pas. Ça te change, mais ce style te va bien, dit-elle en lui caressant la joue.

— Tu dis ça pour ne pas me blesser.

— Non, je t'assure. Ça te donne un petit côté *bad boy*…

— *Bad boy* ? sourit-il en regardant son corps blanc et maigre dans le miroir. Il faudrait que je me fasse tatouer et que je commence la muscu, là je fais intello fragile…

— Tu es fragilisé, mais tu n'es pas fragile. Je sais que tu vas te battre.

Anna essaya de le réconforter, mais malgré ses efforts, les mots et jolies phrases qu'elle prononça de tout son cœur, Louis ne la crut pas. Il n'était plus certain de rien, ni surtout de lui-même. Elle mentait, elle ne voulait pas lui faire de peine, elle ne voulait pas ajouter de la souffrance à la souffrance.

Et quand ce soir-là, ils firent l'amour pour la première fois depuis son retour de l'hôpital, Anna eut beau l'embrasser, prendre ses lèvres, ses doigts dans sa bouche, son sexe en elle, Louis sentit une retenue, une appréhension, comme si elle craignait de lui faire mal, de blesser son corps malade, et il s'arrêta et se mit à pleurer.

— Je suis désolée, mon amour.

Il la comprenait tant. Il aurait sans doute réagi de la même manière si elle avait perdu ses cheveux et maigri de cinq kilos. On parle souvent de la douleur du patient, mais presque jamais de celle de l'entourage, de la famille, du mari ou de la femme, qui doivent apprendre à vivre avec un autre qui perd peu à peu confiance en lui, qui se transforme physiquement et psychologiquement à une vitesse effrayante. Un double désespéré qui n'a plus grand-chose à voir avec celle ou celui qu'on aimait.

Pour tenir le coup mentalement, Louis surfait sur des forums d'entraide de malades. Il y avait des centaines de sujets ouverts, et des milliers de réponses d'hommes, de femmes, d'adolescents aussi.

Sur les chances de survie, Louis lisait tout et son contraire avec angoisse. Certains témoignages évoquaient des jeunes de vingt ans qui avaient guéri et pu fonder une famille. D'autres parlaient de trentenaires emportés en quelques mois par la maladie.

Tremblant de peur, Louis quittait ces sujets pour se retrouver sur des espaces consacrés à l'alopécie et la perte de poils, cheveux et sourcils qui affectaient autant les hommes que les femmes. Certains conseillaient de regarder des films avec des acteurs chauves : Yul Brynner, Bruce Willis, Jason Statham, Vin Diesel, The Rock… C'est vrai qu'ils avaient la classe, c'est vrai qu'ils en imposaient avec leurs crânes virils et déterminés, mais ils étaient en bonne santé, pleins d'énergie. Tout le contraire de Louis.

D'autres malades recommandaient d'acheter des perruques. Ils postaient des photos d'eux chevelus et heureux : « J'ai l'impression d'être un détenu en cavale à changer de tête tous les jours », disait l'un. « J'ai toujours rêvé d'avoir des dreadlocks », répondait un jeune blond aux yeux bleus. « Moi qui suis chauve depuis mes vingt-cinq ans, je dis merci au cancer de m'avoir fait retrouver des cheveux », ajoutait un quinquagénaire avec de longs cheveux cendrés.

Il y avait quelque chose de magnifique et de tragique dans ces témoignages postés sur le Web comme on jette une bouteille à la mer, dans l'espoir d'une main tendue pour se sortir de l'océan déchaîné du cancer.

Louis regardait les dates. Il y avait des messages qui remontaient à 2015, d'autres 2013 et même 2010. Qu'étaient devenus tous ces inconnus aux alias à la détresse évocatrice, « Jeneveuxpasmourir95 », « Fuckcancer12 », « PatleSurvivant »… Étaient-ils toujours en vie ?

15

Au bout de dix jours de cette existence hagarde, presque irréelle, Anna décida qu'il était temps pour Louis de se relever et de reprendre les rênes de sa vie.

— Ça va mon amour ? Comment a été ta journée ? demanda-t-elle ce soir-là, en rentrant du lycée.

— Je vis ma meilleure vie. J'ai toujours rêvé de ne rien faire et de rester en caleçon toute la journée devant la télé à attendre de savoir si ma chimio a marché, répondit-il dans un sourire forcé.

Anna posa son sac sur le mange debout et secoua la tête. Elle regarda le plateau du déjeuner qu'elle avait préparé la veille, le poulet à peine goûté, le dôme de riz à demi entamé.

— Tu n'as rien mangé. Tu n'as pas aimé ?

— Si, mais je n'ai pas faim…

— Il faut que tu manges pour prendre des forces. J'ai l'impression que tu as encore maigri.

— Non, je ne crois pas.

Anna soupira et lui prit la main.

— On va voir ça. Viens, on va se peser.

— J'ai pas envie.

— S'il te plaît. C'est important.

Louis se leva en soupirant et la suivit jusque dans la salle de bains.

— Tu commences, lui dit-il.

— OK.

Elle monta sur la balance et expédia son passage.

— Cinquante-neuf ! Je n'ai pris que quatre kilos depuis le début de la grossesse ! À toi !

Il hésita, avança un pied.

— Allez !

Puis l'autre. Anna se pencha juste au-dessus de l'aiguille.

— Soixante-huit… Tu as encore perdu un kilo… Il faut que tu manges, mon amour !

Elle caressa son visage. Il semblait si fatigué.

— Tu ne t'es pas douché ?

— Non.

— Et tu n'es pas sorti non plus ? Tu n'es pas allé marcher ?

— Non, je n'avais pas envie.

Elle secoua la tête, et lui fit signe de la suivre jusque dans le salon où ils s'assirent sur le canapé d'angle.

— Lou, tu ne peux pas te laisser aller comme ça ! Je sais que c'est dur, que t'es fatigué, mais il faut que tu te battes, que tu reprennes ta vie en main.

— Je n'y arrive pas. Je n'ai rien à faire à part attendre les résultats de la biopsie.

— Ta guérison passe aussi par le mental ! C'est un combat au quotidien, mon amour. Il faut que tu te lèves avec des objectifs, que tu aies un programme pour chaque jour… Tu veux qu'on le fasse ensemble ?

Louis sourit et hocha la tête comme un enfant.

— Allez, prends ton téléphone, et ouvre ton agenda, dit-elle en se mettant en tailleur. Alors, à quelle heure veux-tu te lever ?

— Neuf heures ?

— C'est un peu tard, non ? On dit 8 h 30 à l'heure où mes cours commencent ? Comme ça tu penseras à moi et à ce pauvre Flaubert que mes élèves ne veulent pas lire !

Il sourit.

— OK pour 8 h 30.

— Alors tu te lèves, tu te douches et tu prends ton petit-déjeuner, et après ? Tu veux sortir marcher, faire des courses ?

— Oui, ça peut être bien. Je pourrais te préparer des petits plats pour le soir. Te faire une vraie soirée « Top Chef », meilleure que tes petits pots.

— Ça ne sera pas dur de faire mieux ! Pauvres bébés ! C'est peut-être pour ça qu'ils pleurent et ne veulent pas manger !

Ils rirent, puis le regard de Louis se posa sur la bibliothèque de l'autre côté du salon.

— Je pourrais lire les livres sur la grossesse qu'on t'a offerts ? Te faire des fiches ? Devenir incollable sur les nausées, les jambes lourdes ou tes problèmes de constipation, qu'en dis-tu ?

— Haha, ça te fait bien rire ça, hein !

Elle lui balança un coussin à la figure et se jeta sur lui pour lui mordre le cou. Il se débattit en criant :

— Ou alors je pourrais t'aider à corriger tes copies ?

— C'est pas très déontologique ça, monsieur le professeur !

— S'il te plaît ! Ça me manque !

— T'es certain de vouloir découvrir que des élèves de lycée ne font toujours pas la différence entre ait, et, est ? Ou qu'ils connaissent Colette, le magasin, mais pas l'écrivaine ?

Louis grimaça :

— Non, t'as raison, je crois que je vais me concentrer sur tes problèmes de ballonnements !

Ils rirent puis Anna se leva et prit quelque chose dans son sac.

— Bon, maintenant que tu es décidé à te bouger un peu, je peux te donner ton cadeau.

— Mon cadeau ? répéta-t-il les yeux brillants.

— Oui. Tiens, dit-elle en lui tendant un paquet à ruban rouge.

— C'est quoi ?

— Ouvre.

On ne se rend compte de l'importance de ces petites attentions que lorsque l'on sait que c'est peut-être une des dernières. Alors Louis ouvrit le paquet avec précaution, pour faire durer le suspense. Et il eut le sentiment de découvrir l'un des plus beaux cadeaux de sa vie. Anna avait acheté des bonnets de toutes les couleurs, pour repeindre en arc-en-ciel ses idées noires. C'est con de pleurer pour un bonnet bleu. C'est même ridicule. Mais Louis se sentit tellement heureux à ce moment-là. Louis les essaya tous, le jaune couleur soleil, le vert couleur espoir. Mais c'est sur le rouge qu'il jeta son dévolu pour terminer la soirée :

— Ça me fait une tête de marin, tu ne trouves pas ?

— Oui, c'est vrai, un petit côté Cousteau, répondit Anna, en hochant la tête.

— Je le mettrai pour aller à Paimpol ! On y va quand d'ailleurs ?

Il s'était levé d'un bond. Dès qu'il parlait de voyage en Bretagne, son corps et son air changeaient, une énergie et un enthousiasme nouveaux s'emparaient de lui. Il fallait être prêt à faire ses valises et le suivre sur-le-champ.

— Je ne sais pas. Ça dépend de tes séances, de ton état.

— Pour les vacances de printemps ? Je me sens en pleine forme ! dit-il en contractant ses maigres biceps.

Elle sourit.

— Si tu te sens bien, alors je te suis !

— Tu sais que je t'aime, toi ! s'exclama-t-il en la faisant tourner dans ses bras.

16

Le soir même, Anna invita Jo et Oli à dîner pour lui changer les idées.

— Alors, comment tu te sens ?

— Comme Jimi Hendrix après son overdose.

Ils se mirent à rire. C'était son oncle Philippe qui avait sorti ça un lendemain de cuite. Depuis, Louis, Jo et Oli déclinaient cette réponse après chacune de leurs soirées rock'n'roll. « Comme Brian Jones dans sa piscine » ou « Comme Jim Morrison dans sa baignoire ». C'était bête et cruel mais ils trouvaient ça drôle.

— C'est comment l'hôpital, alors ? La bouffe est pas trop dégueu ? demanda Oli en croquant dans son burger dégoulinant de sauce.

— Tu vois quand tu cuisines, Jo ?

— Oui, fit celui-ci en pensant à ses pizzas surgelées et ses pâtes au fromage.

— Eh bien, c'est du trois étoiles comparé à ce qu'on nous sert.

Ils sourirent, puis un silence lourd et gênant s'installa. Chacun se concentrait sur son burger, ou sur son verre pour éviter de croiser le visage gris et creusé de Louis. C'était terrible de le voir si affaibli. Pourquoi n'apprenait-on pas à gérer ce genre de moments ? Pourquoi n'y avait-il pas de cours pour trouver les bons mots, les bonnes phrases, celles qui réconfortent et apaisent les douleurs ?

C'est Jo qui reprit la parole le premier :

— On a un petit cadeau pour toi.

— Ah oui ?

— Oui, c'est pas grand-chose, mais on est sûrs que ça te fera plaisir.

Louis prit la pochette qu'il lui tendait, et l'ouvrit avec précaution. C'étaient des photos. Louis eut l'impression de regarder quelqu'un d'autre tant les souvenirs étaient lointains. C'était un autre monde, une autre vie qu'il redécouvrait.

Sur la première, il riait aux éclats, une bière à la main, sa guitare sur les genoux. Il portait une casquette blanche vissée à l'envers, et un T-shirt Guns N'Roses. Anna riait aussi. Elle était vêtue de noir, ses cheveux étaient blond platine et un trait sombre soulignait le bleu de ses yeux. Oli semblait ailleurs, il regardait devant lui avec un air absent. Jo était de dos, le visage tourné vers Louis. Il avait les cheveux longs, mais on percevait déjà le début de sa calvitie.

— J'avais oublié que t'avais eu des cheveux ! s'esclaffa Oli.

— Je t'emmerde avec ton gros bide !

— Avoue que tu préférerais avoir mon bide et tous tes cheveux, non !

— Vous êtes bêtes ! dit Anna en riant.

Assis autour de la table basse, très émus, ils se passaient les photos de main en main.

— Je ne m'en souvenais pas de tout ça ! s'exclama Louis. Qui les prenait ?

— Les parents de Jo, non ? fit Anna.

— Oui, c'est ta mère qui les prenait ! rigola Oli. Je me rappelle quand elle descendait nous voir avec son pyjama et ses bigoudis. (Il l'imite, avec une voix aiguë.) Les enfants, il est tard, il faut baisser le volume maintenant !

— Mais oui ! Il était même pas vingt heures en plus !

Ils éclatèrent de rire sauf Jo :

— Comme vous vous foutez de la gueule de ma mère ! Quand je pense qu'elle vous accueillait à bras ouverts, comme ses propres enfants !

— Regardez ça ! s'exclama Louis, en montrant une photo de la mère de Jo une guitare à la main. Rock'n'roll la daronne avec ses charentaises !

— Il faut l'encadrer celle-là !

Anna posa la main sur le genou de Louis. Ça lui faisait du bien de le voir détendu, joyeux. Être avec ses amis lui faisait oublier la maladie. Elle l'embrassa sur la joue, il lui sourit.

— Oh, regardez celle-là ! s'écria Jo en brandissant une autre photo.

Ils posaient devant un mur recouvert de graffitis, quelque part dans un squat de la banlieue parisienne. Ils portaient des blousons de cuir et des

T-shirts blancs, comme les groupes de punk rock des années soixante-dix. Louis et Anna étaient au centre, mais c'est Anna qui aimantait les regards avec ses cheveux coiffés à la Blondie, et sa bouche ouverte sur un cri. À cette époque tout était clair pour eux, ils voulaient faire du rock, et rien d'autre.

— Elle déchire cette photo ! fit Oli. Je m'en souvenais pas.

— Moi non plus, dit Anna songeuse.

— On devrait en faire un poster. Ou un T-shirt ! s'enthousiasma Louis.

Leur groupe s'appelait désormais JOLA. C'était Oli qui avait trouvé le nom avec les premières lettres de leurs prénoms. JOL était devenu JOLA quand Anna les avait rejoints. Ils étaient pleins d'ambitions et de rêves, ils s'imaginaient conquérir la scène musicale, passer à la radio et à la télé, enchaîner les tournées. Tout leur semblait possible.

Sur une autre photo, Anna était debout en bas résille, portant un T-shirt « Yes Future », juchée sur une enceinte devant une foule d'amis et d'inconnus en délire. On reconnaissait la scène du Bus Palladium à Paris. Ils jouaient dans la même salle que les Beatles et Téléphone, et ils s'y étaient crus l'espace d'une soirée. Louis était penché sur sa guitare, entamant certainement un solo interminable, comme il en avait l'habitude à l'époque. Oli et Jo lui disaient qu'il était chiant à se prendre pour un *guitar hero*, qu'il n'était ni Jimi Hendrix, ni Van Halen, que c'était trop long et pas forcément bon, mais dès qu'il était sur scène, Louis entrait dans une transe et se laissait porter par la musique et les cris.

— Vous avez gardé des enregistrements, vous ? demanda Louis.

— Je dois avoir des cassettes chez moi, oui, dit Jo. Faudrait que je les retrouve.

Ils se regardèrent en silence, emportés par une vague de nostalgie. C'était le bon temps ces années-là. Le temps de l'insouciance. De la naïveté aussi. Avoir un rêve, une passion dont on veut faire son métier, demande du temps, de la persévérance et surtout beaucoup de travail. Tout ce qu'ils n'avaient pas eu. Ils voulaient tout, tout de suite, pensant qu'un bon look et quelques bonnes chansons suffiraient. Mais l'industrie musicale ne marchait pas comme ça. Elle était beaucoup plus exigeante et impitoyable. Et ils n'avaient jamais percé malgré leurs milliers de vues sur les réseaux sociaux.

— J'aimerais bien les réécouter.

— Oui, moi aussi.

— Oui, je vais les chercher, elles doivent être quelque part dans des cartons.

Il y eut un nouveau silence. Ils buvaient leur verre sans un mot : de la bière pour Oli et Jo, et de l'eau gazeuse pour Louis et Anna. Louis sentait leurs regards posés sur lui, il sentait leur peine, leur compassion, mais il n'en voulait pas, il était encore vivant !

— Arrêtez de me regarder comme ça, bordel ! Je vais bien ! Je vais m'en sortir !

Oli et Jo hochèrent la tête, gênés, puis Louis se leva d'un bond, un grand sourire forcé aux lèvres :

— Vraiment les gars ! Ça va ! Je suis debout ! Je n'ai jamais été aussi affûté qu'aujourd'hui ! dit-il en dévoilant son ventre creux, et ses bras secs et noueux. Un vrai grimpeur du Tour de France !

Ils se mirent à rire. Louis eut l'air de réfléchir quelques secondes, puis, emporté par son enthousiasme, il leur demanda :

— Je vais tellement bien que ça vous dirait de reformer JOLA ? De reprendre les répètes ? Ça me manque !

Les autres échangèrent des regards dubitatifs.

— Ça fait une éternité que j'ai pas touché ma basse, je sais plus jouer, fit Oli.

— Et moi des années que je n'ai pas chanté ! Préparez les boules Quies les gars ! renchérit Anna en riant.

— Ne fais pas ta fausse modeste, tu as chanté « Hallelujah » au mariage de Capucine, et tout le monde t'a dit que c'était magnifique !

— Oui, mais c'était exceptionnel. Et c'était il y a deux ans.

— S'il te plaît. Ta voix est si belle. Elle est toujours là, je l'entends tous les matins sous la douche !

Ils éclatèrent de rire.

— Bon alors ? Ça vous dit ou pas ? Et ne mettez pas un mois pour vous décider, je n'ai plus beaucoup de temps, moi !

Les quatre membres de JOLA, groupe de pop rock fondé douze ans plus tôt dans un garage des Hauts-de-Seine, se regardèrent alors, un sourire aux lèvres, les yeux brillants d'excitation.

— D'accord, mais on reprend en douceur, avec des chansons faciles, OK ?

— OK !

— Allez ! Banco ! Et moi, je suis certain que mes vieux seront ravis de nous prêter leur garage ce week-end ! dit Jo en rigolant.

— Dis à ta mère de pas oublier les bigoudis et les charentaises !

— À JOLA ! hurlèrent-ils en trinquant.

17

Sortir dans la rue était difficile pour Louis. Surtout quand il était avec Anna. Elle ne supportait pas les regards qui glissaient sur eux, sur leurs visages et leurs corps à l'opposé des chemins de l'existence : lui affaibli par la maladie, et elle arrondie par la vie. Elle les détestait ces yeux compatissants, gênés souvent et dégoûtés parfois. Ils lui faisaient mal.

Louis ne leur en voulait pas à ces anonymes. Si lui-même ne pouvait supporter son reflet dans le miroir, comment un étranger le pouvait-il ?

C'était plus facile quand il était seul, même s'il craignait toujours de croiser un parent d'élève, une amie de sa mère ou un ancien camarade de classe. Il ne voulait pas parler de lui, de sa maladie. Il voulait éviter toutes ces questions et traverser cette épreuve sans explication, sans avoir à toujours répéter les mêmes phrases.

« J'ai une leucémie. Un cancer du sang. J'ai fait une chimiothérapie. J'attends les résultats. Mais je vais bien. Et je vais m'en sortir. »

Louis vivait ces questions comme une intrusion dans son intimité. C'était lourd, pesant, alors il expédiait ces moments. Il disait qu'il était pressé, qu'il avait rendez-vous chez le médecin et que merci, tout irait bien.

Pourquoi vouloir savoir ce qui se passait dans son corps ? Est-ce qu'il leur demandait les résultats de leur dernier check-up ? Est-ce qu'il les interrogeait sur la couleur de leurs selles ou le type de leur diabète ? Non ! Il voulait qu'on le laisse tranquille. Il ne voulait pas que l'on s'apitoie sur son sort, il n'était pas encore mort !

Louis voulait qu'on le laisse seul. Seul avec sa douleur. Seul avec son désespoir. C'était déjà suffisamment dur d'essayer de tenir le choc devant Anna, sa mère, Jean, sa famille et ses amis. Donner le change à des gens qu'on aime pour les rassurer, les protéger oui ; mais à des personnes que l'on connaît à peine, non.

Pour éviter ces rencontres et ces questions, Louis comprit très vite qu'il devait se déguiser, porter un de ses bonnets multicolores, et des lunettes de soleil pour recouvrir la moitié de son visage et tenter de passer inaperçu. Il marchait vite, ne traînait pas dans la rue, et changeait de trottoir dès qu'il apercevait une tête connue. Ça fonctionnait la plupart du temps, mais parfois non. Comme ce mercredi soir lorsqu'il tomba sur Hugo et Yasmine. C'est lui qui les vit en premier : ils se tenaient la main devant un cinéma, comme un couple amoureux. Mais cette fois-ci, Louis n'eut pas le temps de changer de trottoir.

Hugo et Yasmine se lâchèrent immédiatement la main lorsqu'ils le reconnurent, aussi surpris et gênés que lui. Ils étaient si touchants dans le balbutiement de leur amour. Louis ne se serait jamais douté que la bonne élève et le rebelle écorché vif puissent sortir ensemble. Ils étaient si différents.

— Bonjour monsieur Le Gall, dit Hugo en le dévisageant avec de grands yeux.

— Bonjour monsieur, dit Yasmine, les joues rosies par la situation.

Il leur sourit et retira ses lunettes de soleil.

— Bonjour Yasmine, bonjour Hugo. Vous allez bien ? Tout se passe bien au collège ?

— Ça va, mais vous nous manquez !

— Ah oui ?

— Oui, votre remplaçante est nulle, dit Hugo en soupirant.

— J'espère que vous êtes gentils avec elle, ce n'est pas facile d'arriver en milieu d'année comme cela.

— Oui, mais c'est pas pareil qu'avec vous. Elle lit son cours sans nous faire participer… C'est pas ça enseigner !

Louis hocha la tête.

— Je vois… Et qu'étudiez-vous en ce moment ?

— *Germinal* de Zola, répondit-il dans une grimace.

— C'est horrible comme histoire.

— Oui, ce n'est pas très gai, mais c'est un témoignage important sur les conditions de vie des mineurs de l'époque. Ça nous fait relativiser la difficulté des nôtres.

Il y eut un silence. Louis sentait leur trouble, voyait leurs regards attirés par son bonnet bleu qui dissimulait mal la peau lisse de son crâne.

Ce fut Yasmine qui aborda le sujet.

— Vous allez guérir, monsieur ?

— Oui, ça va aller, merci. Je vais vite revenir, répondit-il en hochant la tête.

— Mais on va vous revoir avant la fin de l'année ?

— Je ne sais pas, je l'espère.

Il y eut un silence et Hugo regarda sa montre l'air navré.

— Désolé monsieur, mais on doit y aller, le film va commencer.

— Pas de soucis. Vous allez voir quoi ?

— Le dernier Brad Pitt.

— Ah oui, j'en ai entendu parler. Il paraît qu'il est bien. Bon film alors !

— Merci, dit Yasmine. Si on peut faire quelque chose…

— Oui, vous nous dites…

— C'est gentil, mais il n'y a pas grand-chose à faire, dit Louis dans un pauvre sourire.

18

Les 27 et 28 mars, Anna et Louis connurent les vertiges des montagnes russes émotionnelles. De ceux qui vous soulèvent le ventre et vous arrachent le cœur, vous écartelant entre joie et désespoir. Le mardi, ils eurent l'immense bonheur de découvrir leur magnifique enfant lors de l'échographie morphologique du cinquième mois. L'espace d'un jour, Louis oublia la maladie et se tourna vers leur avenir radieux à deux, puis à trois.

— Je vous le confirme, c'est bien une fille ! Madame, vous avez bien gagné votre pari, annonça Sarah Touati en souriant.

— À toi les levers toutes les nuits, mon amour !

— Je l'espère tant ! Je suis tellement heureux !

— Elle fait quelle taille ?

— Vingt-cinq centimètres… Et elle pèse environ quatre cents grammes !

— T'as pris plus que quatre cents grammes, non ? rit Louis en passant sa main sur le ventre arrondi d'Anna.

— Oui, et il va falloir en prendre encore un peu plus madame. Au moins un kilo et demi par mois maintenant !

— Tu vois !

— N'hésitez pas à varier les plaisirs. Votre fœtus est en pleine croissance, et son goût se développe. Il reconnaît le sucré et le salé. Alors, mangez !

— C'est le moment de te faire mon dîner « Top Chef » je crois ! s'exclama Louis.

— D'ailleurs, je vous trouve un peu pâle, nous allons vérifier votre taux de fer. Ça sera une bonne raison de manger du chocolat, si vous aimez ça ! dit la gynécologue dans un clin d'œil.

— Attention docteur, ne lui dites pas ça, elle va en manger à tous les repas !

Lorsqu'ils rentrèrent chez eux, Anna et Louis restèrent un long moment dans le salon à parler de cette petite fille qu'ils venaient de voir, cet ange de vingt-cinq centimètres qui allait bouleverser leur vie.

Ils ne réalisaient pas encore. Louis avait un sourire béat aux lèvres. Lui qui avait toujours trouvé ridicules les parents qui parlaient de « bout de chou », de « princesse » ou de « petite crevette », adoptait lui aussi le vocabulaire du parfait papa gâteau.

— Tu imagines notre petite princesse ici, dans notre appartement ? Elle va faire ses premiers pas là, dans le salon, ou dans sa chambre…

La main sur le ventre, Anna souriait aussi, mais elle avait un drôle de sentiment au fond d'elle.

La gynécologue lui avait confirmé que le stress engendré par la leucémie de Louis pouvait avoir des répercussions sur le déroulé de la grossesse. Elle lui avait recommandé de se reposer, et lui avait dit qu'elle lui prescrirait un congé pathologique prénatal dès le mois de mai. Mais comment pouvait-elle vivre une grossesse heureuse et épanouie, quand l'homme de sa vie luttait contre la maladie ?

— Tu crois qu'elle se plaira ici ?

— Bien sûr ! Pourquoi ? Tu en doutes ? Nous on s'y plaît, donc il n'y a aucune raison qu'elle ne s'y plaise pas ! Et puis l'important ce n'est pas l'appartement, c'est l'amour qu'elle y recevra.

— Je sais, mais j'aimerais tant qu'elle ait une grande chambre, un jardin…

Anna le dévisagea. Combien de fois lui avait-il fait part de ses envies d'ailleurs, de ses envies de déménagement dans la maison de ses grands-parents en Bretagne ? « Nous y serions tellement bien. Tu imagines voir la mer tous les matins en ouvrant les volets ? Déjeuner dans le jardin avec nos enfants qui courent dans l'air marin ! Et nous pourrions avoir un chien, un labrador comme tu voulais. »

Anna entendait ses arguments, elle aimait passer leurs vacances à Paimpol, elle adorait leurs balades sur la Côte de Granit Rose, elle adorait sortir en mer avec les amis pêcheurs de Louis, mais elle ne se sentait pas prête à y vivre. Quelques semaines de vacances en été ne représentaient en rien la vie quotidienne, et notamment les hivers bretons. Alors malgré son insistance, elle l'avait convaincu de rester. C'était trop tôt. Ils avaient le temps. Et puis, partir loin de leurs familles, loin de leurs amis lui faisait peur. Il leur faudrait tout reconstruire là-bas.

Louis se leva :

— Ça te dit de commencer à réfléchir à sa chambre ?

— Maintenant ? demanda-t-elle en bâillant.

— Oui !

Elle sourit. Elle retrouvait le Louis qu'elle aimait, plein d'énergie et d'idées. Quand la maladie le lui rendrait-elle pour de bon, comme avant ?

— Tu la vois de quelle couleur ?

— Avec de belles nuances de rose ! Rose bonbon, rose pâle…

— Ne sois pas si cliché, mon amour ! Et pourquoi ne la peindrait-on pas en bleu clair ? Un beau bleu du ciel ?

— Comme tes yeux ?

Elle sourit et ils entrèrent dans la petite pièce rectangulaire qui servait à la fois de salle de musique, d'écriture, de bureau et de débarras, bref un capharnaüm sans nom qu'ils n'avaient jamais eu le courage de ranger depuis qu'ils avaient acheté leur appartement trois ans plus tôt.

— On commence par quoi ? dit Louis en balayant la pièce du regard, les cartons jamais ouverts contre le mur, les dossiers empilés sur l'ampli de guitare, le bureau recouvert de copies à corriger, les haltères poussiéreux, le vélo et le tapis de yoga du temps où ils faisaient du sport ensemble, la valise recouverte des stickers de leur voyage à Bali six ans plus tôt.

— T'as vraiment envie de faire ça maintenant ? demanda Anna dans une grimace.

Il la regarda, l'air désespéré par l'ampleur de la tâche :

— On a le temps en fait, non ?

— Oui, quatre mois !

Cette parenthèse heureuse fut de courte durée. Dès le lendemain, la réalité implacable les rattrapa. La sentence tomba comme une guillotine, de la bouche du professeur Lévy.

— Ce premier traitement d'induction est malheureusement un échec. La biopsie révèle que les blastes médullaires sont toujours présentes à un taux de 21 %.

— 21 % ? C'est beaucoup ?

— Oui, répondit le professeur Lévy d'un ton grave. Il faut atteindre moins de 5 % de blastes pour que la rémission soit complète. Nous allons devoir mettre en place une cure de rattrapage et retenter une chimiothérapie intensive.

— Vous voulez dire qu'on va refaire ce qui n'a pas marché ?

— Oui. C'est la seule option pour le moment.

Louis leva les yeux au ciel, désespéré. Il repensait aux souffrances qu'il avait déjà endurées, à l'intraveineuse plantée dans le thorax, à tous les effets secondaires. Il ne voulait pas les revivre un mois encore.

— Mais vous pensez que cette nouvelle chimio va fonctionner cette fois-ci ?

— Je ne peux malheureusement pas vous répondre.

— Et si elle échoue ?

— Ça voudra dire que votre leucémie est réfractaire aux traitements. Et que notre seul recours sera de pratiquer une allogreffe de moelle osseuse.

Anna serra la main de Louis plus fort. Le médecin se pencha en avant et ajouta, d'un ton rassurant :

— Il faut garder espoir. Le nouveau traitement peut réussir. Et si nous devons faire une greffe, il y a de bonnes chances que votre frère soit compatible.

— Combien ?

— La compatibilité dans les fratries est bonne, de l'ordre de 25 à 30 %. S'il l'est, nous pourrons envisager la greffe avec optimisme.

— Et s'il ne l'est pas ? Je peux être compatible, moi ? demanda Anna, les larmes aux yeux.

— Ça serait un miracle, madame. Hors fratrie, la probabilité qu'un donneur soit compatible avec un patient est d'une chance sur un million. Et ce sont les hommes de moins de trente-cinq ans qui ont le meilleur profil de donneurs.

— Une chance sur un million, répéta Anna, abasourdie.

— Donc si la chimio échoue et si Jean n'est pas compatible, je vais mourir ? s'enquit Louis d'une voix tremblante.

— Écoutez, ne vous inquiétez pas, nous n'en sommes pas encore là. Nous commencerons le nouveau traitement dans un mois, et j'ai bon espoir qu'il marche cette fois-ci. D'ici là, reposez-vous, mangez bien et reprenez des forces. (Il marqua une pause, et le regarda droit dans les yeux.) Nous allons tout faire pour vous sauver monsieur Le Gall. Je vous le promets.

19

Ils étaient allongés sur le canapé en silence. Ils avaient beaucoup pleuré et des larmes brillaient encore sous leurs yeux rougis de désespoir.

Malgré l'échec du premier traitement, Anna se forçait à garder confiance en la médecine, à rester positive pour deux. Il le fallait car Louis paraissait ne plus y croire.

— Cette chimio, c'est comme si je n'avais rien fait !

— Ne dis pas ça, les blastes ont baissé !

— Si peu !

— Il faut que tu y croies à ce traitement ! Tu ne dois pas baisser les bras, tu ne dois pas laisser gagner la maladie sans te battre ! Et si ça ne fonctionne pas, je suis certaine que Jean sera compatible !

— Il n'y a que 30 % de chances qu'il le soit, ça veut dire qu'il y en a soixante-dix qu'il ne le soit pas !

— S'il ne l'est pas, il y a forcément un donneur compatible quelque part…

— Tu as entendu le professeur comme moi. Une chance sur un million ! C'est pas de chance du tout ! C'est juste pour éviter de dire que si Jean n'est pas compatible, je vais mourir !

Sa voix se déchira et il serra les dents et les poings.

— Mon amour…

— Tu sais, j'avais trois ans quand mon père nous a abandonnés… Jean n'était même pas né. Nous n'avons aucun souvenir de lui… Même pour ma naissance il n'était pas là, il était ailleurs, je ne sais où. Je ne veux pas ça pour notre fille. Je veux qu'elle se souvienne de moi.

Anna se rapprocha de lui pour le prendre dans ses bras. *Mon père*. Le mot avait claqué douloureusement, comme s'il le prononçait pour la première fois. Depuis combien de temps n'en avaient-ils pas parlé ? Des années. Les rares fois où Anna avait tenté d'aborder le sujet pour comprendre, et tenter d'apaiser cette blessure jamais cicatrisée, Louis avait refusé la discussion et s'était fermé, comme si son père n'avait jamais existé.

Pendant l'adolescence, à une époque où il avait besoin d'une figure paternelle pour se construire dans ce monde sans repères, Louis avait commencé à interroger sa mère. Lui aussi voulait un papa, comme celui de Jo qui lui apprenait la batterie sur les tubes de Johnny Hallyday, ou celui d'Oli qui entraînait l'équipe de rugby de la ville. Même absent, même au téléphone, il rêvait de lui parler de sa vie d'ado, de littérature, de musique, et de son groupe de rock. Comme les autres.

Jean était plus dur. Il lui disait d'arrêter de dire papa, « on n'en a pas », « tu fais du mal à maman ». Sans doute parce qu'il ne l'avait pas connu, n'avait jamais été dans ses bras, n'avait jamais entendu le son de sa voix. Un lien filial ne s'oublie pas. Même lorsqu'il est rompu à l'âge de trois ans.

Mais le fragile espoir de renouer ce lien brisé était mort un soir d'automne 2007. Louis se rappelait très bien cette journée froide et pluvieuse qui devait le conduire sur les traces de son passé. Il venait d'avoir dix-huit ans. Louis se souvenait de la réaction de sa mère quand il lui avait annoncé son intention de partir aux États-Unis retrouver celui qui les avait abandonnés. Elle était en train de préparer des lasagnes. Sous le choc, elle avait laissé tomber le plat sur le carrelage quand il lui avait dit :

— Je veux revoir papa. J'en ai besoin.

— Mais pour quoi faire ? Ton père n'a jamais pris de tes nouvelles ! Pourquoi veux-tu le retrouver ?

— Je veux lui parler. J'ai besoin de comprendre pourquoi il est parti.

— Je te l'ai déjà dit. Il a rencontré cette femme…

— Pourquoi n'a-t-il jamais donné de nouvelles ? Je sais que tu as son adresse maman. Donne-la-moi.

Sa mère pleurait. Il savait qu'il lui faisait mal, mais il avait besoin de réponses aux questions qui le hantaient depuis l'enfance.

Louis se rappelait les larmes et les coups de Jean lorsqu'il avait vu leur mère pleurer.

— Pourquoi tu la fais souffrir ? Laisse-le où il est ce connard !

Deux mois plus tard, Louis avait pris l'avion pour New York avec l'argent que lui avait donné Katell, sa grand-mère adorée. « Je sais que c'est important pour toi, que tu as besoin de refermer ce chapitre pour avancer. Je penserai à toi tout le long de ton voyage, mon Loulou », lui avait-elle dit. Pendant le vol, il avait essayé de dormir, de regarder des films, de jouer à des jeux, mais son esprit était obnubilé par son père. Il n'avait vu qu'une photo de lui : il avait des cheveux longs, une moustache, il tenait un enfant dans ses bras, et ce bébé c'était lui. Louis lui ressemblait beaucoup plus que Jean.

Comment était-il désormais ? Il avait quarante-quatre ou quarante-cinq ans peut-être. Était-il toujours aussi élancé ou avait-il grossi ? Avait-il encore des cheveux ?

Louis était resté longtemps devant cette maison rouge brique avec ce toit blanc triangulaire typique de Canarsie, à Brooklyn. Il avait longtemps hésité. Il avait peur. Il avait parcouru tout ce chemin pour un parfait inconnu. Seul dans cette ville immense, Louis réalisait soudain qu'il ne connaissait rien de son père à part son prénom. Il ignorait tout de sa vie à New York, de son métier, de ses goûts, de la musique qu'il aimait. Sa mère non plus n'en savait rien. Elle avait simplement dit qu'il était parti pour une autre femme. Et c'était tout.

Louis s'était approché. Il avait vu la voiture familiale. Il avait vu les jouets dans la cour. Il avait vu le panier de basket, les vélos d'enfants. Son père avait refait sa vie, fondé une nouvelle famille. Lui arrivait-il de penser à lui, à Jean, lorsqu'il jouait avec ses nouveaux enfants ?

Louis avait hésité à rebrousser chemin. C'était une mauvaise idée. Il aurait dû écouter sa mère et son frère. Mais au moment où il allait partir, la porte s'était ouverte. C'était lui. Qui sortait les poubelles. En le voyant, son père avait fait tomber sa cigarette.

Il était impossible de nier leur ressemblance. Ils avaient le même regard, la même peau mate, les mêmes lèvres épaisses.

Était-il stupéfait de se voir en miroir avec dix-huit ans de moins ? Ou n'y voyait-il qu'une copie ratée, un brouillon qu'il avait bien fait d'oublier et de remplacer ?

— *What you want ?* avait-il grommelé en refermant la porte derrière lui.

Le ton de sa voix l'avait pétrifié sur place. Il n'y avait rien, pas une once d'émotion. Ne l'avait-il réellement pas reconnu ?

— Vous êtes bien Franck Lomont ?

Son père l'avait dévisagé, surpris, et son regard avait changé. Il avait enfin compris qui était face à lui.

— Louis ?

— Oui.

— Mais qu'est-ce que tu fais là ?

Louis tremblait sous la pluie fine. Il ne savait ni quoi dire ni quoi faire. Son père semblait aussi démuni que lui. Il avait eu un long moment d'hésitation, puis il s'était retourné vers la fenêtre, vers une silhouette féminine derrière les rideaux (qui était-ce, sa femme ? sa fille ?), il avait fait un signe et il s'était approché de Louis.

— T'as faim ? Il y a un restaurant au coin de la rue. Tu veux un burger ?

Louis avait hoché la tête et ils avaient marché côte à côte, comme tous les fils et les pères, comme il avait toujours rêvé de le faire. C'était banal, ordinaire, mais pour lui, ces quelques mètres avaient eu le goût d'un nouveau départ, d'une nouvelle ère.

Le patron du restaurant, un vieil homme fatigué au fort accent italien, avait regardé Louis avec insistance avant de dire une chose qu'il n'avait pas comprise, mais à la réaction gênée de son père, il était sûr qu'il était question de ressemblance et de filiation.

Ils s'installèrent au fond de la salle, sur une grosse banquette rouge au cuir éventré.

Troublé, Louis observait l'homme qui l'avait abandonné : son visage gris abîmé par l'alcool et la cigarette. Ses cheveux cendrés coiffés en arrière. Ses yeux sombres et bouffis de fatigue. Ses grosses mains noircies de cambouis. Quel âge avait-il exactement ? Il faisait plus que la quarantaine. Il l'avait imaginé plus beau, plus charismatique. La déception était immense, mais Louis gardait l'envie de tout savoir de lui et de rattraper le temps perdu.

— Je me doutais que ce jour arriverait. T'es venu seul ? demanda Franck, la voix éraillée par l'émotion et la nicotine.

— Oui.

Louis avait tellement rêvé de cette rencontre. Il avait tant pensé à ce qu'il lui dirait, toute cette haine qu'il transformerait en reproches, en insultes et même en coups et blessures. Mais là, il se retrouvait sans colère face à lui. Franck était un homme usé qui lui faisait pitié.

— Ta mère et ton frère vont bien ?

— Oui.

— Et toi ? Tu as… (Il avait compté dans sa tête.) Dix-huit ans, c'est ça ?

— Oui.

— Tu es un homme maintenant.

Louis avait serré les dents. Il n'avait pas encore touché au hamburger saignant qu'il avait commandé.

— Pourquoi t'es parti ?

Franck avait soupiré longuement et il s'était enfoncé dans la banquette. Il avait regardé par la fenêtre la pluie qui tombait sans discontinuer.

Il repensait à sa vie, à ce matin de mai 1992.

Il faisait nuit, mais l'on sentait le jour poindre à travers les volets. Florence dormait encore. Franck savait qu'il était un salaud de faire ça maintenant.

Elle était enceinte de huit mois, Jean n'allait pas tarder à naître, mais il ne voulait pas de ce deuxième enfant, il le lui avait dit, et elle n'avait pas écouté. Elle avait refusé d'avorter. Que peut un mari face à la volonté d'une femme ? C'est son corps, son choix. Et peut-être croyait-elle qu'en découvrant son fils, il changerait d'avis ? Mais on ne répare pas l'amour avec un enfant.

Franck avait longuement regardé Florence, il ressentait toujours de la tendresse pour elle mais il ne l'aimait plus. Il avait rencontré Karen au théâtre, une New-Yorkaise, une actrice magnifique qui l'avait emporté dans un tourbillon de rires, de fêtes et d'amour. Elle le pressait de tout quitter, et de partir avec elle aux États-Unis. Karen avait ressuscité ses rêves d'adolescent quand il s'imaginait acteur, allongé dans son lit, les yeux rivés sur les affiches de sa chambre à admirer Belmondo, Delon, Depardieu… Il se disait que ce n'était pas trop tard, qu'avec elle tout était possible…

Quand il voyait où il en était maintenant, il avait honte.

Franck s'était habillé en silence, avait fait sa valise, emporté le minimum, quelques objets, il n'avait presque rien à lui ici, tout était à Florence ou à Louis. C'était pour son fils que ça lui faisait le plus mal. Les adultes s'aiment, se séparent, s'embrassent, se déchirent, c'est leur affaire, ce sont des histoires de grands. Mais un enfant de trois ans n'y est pour rien si ses parents ne s'aiment plus. Il n'y est pour rien si papa a rencontré une autre femme et qu'il a décidé de tout abandonner pour partir vivre avec elle.

Franck avait ouvert la porte de la chambre de Louis, et lui avait jeté un dernier regard pour lui dire au revoir. Louis lui ressemblait tant. Il l'aimait mais il ne pouvait pas le prendre avec lui. La vie qu'il allait mener était incompatible avec celle d'un enfant de cet âge. Il serait mieux avec sa mère et son frère.

Franck s'était mis à pleurer en silence, et juste à ce moment-là, Louis avait ouvert les yeux et lui avait souri. Un sourire lumineux, qui disait tout l'amour du monde. Un sourire à fendre toutes les armures.

— Papa !

— Chut… avait murmuré Franck en posant son index sur ses petites lèvres roses. Rendors-toi mon Loulou. Et souviens-toi que je t'aime. Toujours.

— Moi aussi papa !

Et il était parti.

Franck avait mis du temps à répondre, il cherchait ses mots dans la bière qu'il buvait vite :

— C'était pas à cause de toi ou de ta mère. J'ai juste rencontré quelqu'un d'autre. La vie est comme ça, l'amour ne se commande pas.

— C'était qui cette femme ?

— Karen… Nous faisions du théâtre ensemble, nous étions comédiens…

— Comédiens ! avait répété Louis, surpris.

Sa mère ne lui en avait jamais parlé.

— Oui. Nous avions une troupe, nous jouions du théâtre contemporain, nous faisions des tournées à Paris et en province.

— Et pourquoi vous êtes partis aux États-Unis ?

— Elle voulait rentrer chez elle et quand elle a signé un contrat dans un théâtre new-yorkais, je l'ai suivie. J'avais mon rêve américain, j'étais le petit Français qui débarque plein d'ambition et d'espoir. À l'époque, ça faisait rêver l'Amérique.

— Et alors, tu fais quoi maintenant ?

Franck avait souri tristement.

— Ça n'a pas marché pour moi. J'ai dû faire des petits boulots… Je bosse dans un garage maintenant…

— Et elle ?

Franck avait soupiré.

— On a divorcé il y a quelques années.

Louis avait serré les dents. Son père lui faisait pitié. Il était pathétique. C'était un looser qui avait raté sa vie et gâché celle de sa mère.

— Tu sais, on s'est construits sans toi avec maman et Jean.

— Je sais, je suis désolé.

— Ne le sois pas. Je voulais savoir qui tu étais. Ce que tu étais devenu. Je sais maintenant que nous n'avions vraiment pas besoin de toi.

Louis pleurait, mais les mots sortaient rapides et durs comme des coups de poignard.

— Je veux que tu saches que c'est moi qui te raye de ma vie maintenant. Je n'ai pas eu de père. Jean non plus et c'est très bien ainsi.

Louis s'était levé, et il était parti, avec la certitude que c'était la dernière fois qu'il voyait son père. Et à son retour en France, il avait entamé des démarches pour abandonner son nom et prendre celui de sa mère, comme Jean, pour ne plus rien avoir en commun avec lui. La procédure avait été longue et difficile, mais après des années de combat, il avait enfin obtenu gain de cause : il s'appelait désormais Louis Le Gall, comme ses grands-parents qu'il aimait tant.

Anna sécha la larme qui roulait sur sa joue, puis Louis reprit :

— Tu sais, le père constitue la première expérience du masculin, le premier modèle, le premier pilier sur lequel se reposer. Et si je ne suis pas là qui sera le modèle de notre fille ? Jean ? Non, il est trop immature, même un ado de dix-sept ans a plus le sens des responsabilités que lui. Papy François ? Tu sais que je l'aime beaucoup, mais il n'est plus tout jeune, et il ne parle que de politique… Pas vraiment le genre de discussion qu'aiment les enfants…

Ils sourirent.

— Et alors, à quoi tu penses ?

— Mon père a été l'absence, je veux être la présence. Je veux transmettre à notre fille quelque chose de plus que mon nom. Je veux lui parler de moi, de nous, de notre histoire. De ce que j'aime, ce qui me fait rire et pleurer…

— Tu veux lui écrire des lettres ?

— Non, je veux me filmer, m'enregistrer pour qu'elle me voie et m'entende toujours, quand elle en aura besoin…

— Lou…

— Je veux lui parler de la vie, lui donner les conseils que j'aurais aimé recevoir de mon père. Ceux qui permettent d'éviter les obstacles, de relever la tête quand ça ne va pas, de grandir et d'avancer plein de confiance sur le chemin de l'existence.

Des larmes coulaient sur leurs joues. Louis la prit dans ses bras.

— Tu comprends ? Tu voudras bien les lui montrer ces vidéos, si je ne suis pas là ?

Anna plongea son regard dans le sien et assura d'une voix forte :

— Tu seras là, mon amour. Et ces conseils, tu les lui donneras de vive voix.

20

Bonjour ma fille,

C'est moi, c'est papa… C'est la première fois que je m'adresse à toi.

On est le 29 mars 2019, et tu dois naître en juillet… Je voudrais tellement être là pour ta naissance… Mais…

(Louis dézooma la caméra.)

Je ne suis pas au mieux de ma forme, je ne suis sorti de l'hôpital que depuis quelques jours… J'ai perdu mes cheveux, c'est pour ça que je porte ce bonnet rouge, mais ils repousseront. J'espère que ma tête te plaît quand même…

(Louis sortit de la chambre et s'avança dans le couloir. Tout était calme dans l'appartement, Anna n'était pas encore rentrée de chez ses parents.)

Ça me fait tellement bizarre de te parler alors que tu n'es pas encore née. J'essaie de t'imaginer, de dessiner ton visage, colorer tes yeux, mais c'est impossible.

Je voudrais que tu ressembles à ta mère. Elle est bien plus belle que moi. J'aime tout chez elle. Son regard bleu, on y voit la mer et toutes les promesses de la Terre.

Ses yeux subliment toutes les émotions, ils sont les filtres d'une beauté plus parfaite, les miroirs d'un monde meilleur.

J'aimerais que tu aies ses cheveux aussi. Ils sont beaux ses cheveux, ils sont châtain foncé l'hiver, et châtain clair l'été. Et quand elle porte la frange, elle a un air d'icône des années soixante. Tu taperas Grace Kelly dans Google si ça existe encore. Et tu verras que ta mère est encore plus belle.

(Louis sourit et regarda par la fenêtre le ciel sans étoiles qui recouvrait la ville d'un manteau de nuit.)

J'ai décidé de faire des vidéos pour te parler de moi, de maman que j'aime tant, pour te raconter notre vie d'avant, avant la maladie, pour que tu saches qui je suis… Qui j'étais…

(Louis sentit sa gorge se serrer. Il se mordit l'intérieur des joues. Il ne devait pas pleurer, il ne voulait pas lui laisser le souvenir d'un homme en détresse.)

Car oui, je suis malade… J'ai une leucémie… Alors je vais te parler de notre famille, de mamie Flo et de ses bons p'tits plats, de Jean, mon petit frère qui t'aimera comme sa fille… Je vais te parler de mes amis les plus proches aussi, Jonathan, Olivier, ils seront là pour toi aussi, toujours…

(Louis marqua une nouvelle pause et se leva pour réfléchir, ses pas rythmaient ses pensées.)

Je vais te parler de la vie, partager avec toi ce que j'en sais, pour t'aider à grandir et t'accompagner sur le chemin de l'existence, malgré mon absence.

Je vais te dire des choses qui te rendront plus forte, plus confiante en toi… Enfin, je l'espère.

Et je donnerai ces vidéos à maman. Elle te les montrera le moment venu.

(Louis entra dans le salon, et instinctivement, il se dirigea vers l'étagère où trônaient leurs photos de mariage. L'évidence de l'amour se lisait dans leurs regards.)

Ta mère est forte tu sais, bien plus forte que moi. Elle n'a pas pleuré quand nous avons appris la nouvelle. Elle m'a pris dans ses bras et elle m'a dit que nous allions nous battre. Elle m'a promis que nous allions gagner.

« Tu vas vivre mon amour. Tu vas la vaincre cette putain de maladie. Nous allons la vaincre ensemble. Pour nous, pour notre fille. »

J'aimerais tellement la croire, mais…

(Il s'arrêta sentant les larmes monter.)

Je t'aime déjà, tu sais.

6ᴱ MOIS

AVRIL

21

— Mon enfant ! s'exclama Florence en ouvrant la porte.

Elle l'embrassa, debout sur la pointe des pieds. Elle lui parut si fragile dans ses bras qu'il ne put retenir ses larmes.

Au contraire, elle qui pleurait habituellement pour un rien, devant un reportage du 20 heures ou un film, ne pleurait pas cette fois-ci. Elle qui avait toujours un paquet de mouchoirs sur elle, des « sèche-larmes » comme elle disait, gardait les yeux secs, retrouvant dans l'adversité sa force de mère louve. Elle était sa mère et elle le protégerait contre la maladie et la mort, jusqu'au bout.

— Je suis là, je suis là, répéta-t-elle, en lui passant la main dans le dos, comme quand il était petit et qu'elle le consolait d'un chagrin.

Il sourit tristement.

— J'ai fait des crêpes, ça te dit ? demanda-t-elle en évitant de regarder son crâne chauve.

Louis hocha la tête et sécha ses larmes avec ses poings comme un enfant. Il mangea les crêpes au citron en silence, sous son regard attendri. Elle portait son immuable tablier aux couleurs de la Bretagne, que Louis et Jean lui avaient offert un soir de Noël pour rigoler. Ils trouvaient que la bigoudène qui dansait avec une casserole et une poêle lui ressemblait, et Florence l'avait gardé, le trouvant amusant.

— Elles sont bonnes ! Tu n'en veux pas une ?

— Non.

— C'est gênant de manger tout seul.

— Je n'ai pas faim.

— Tu devrais, tu es toute maigre.

— Tu n'es pas bien gros non plus.

Elle sourit mais son visage s'assombrit aussitôt. Elle se mit à déchirer la serviette en papier petit bout par petit bout, machinalement, sous le regard désolé de Louis. Il se sentait coupable de la mettre dans cet état. À son âge, elle ne méritait pas ces inquiétudes et ces peurs. Elle devait profiter de sa retraite tranquillement, avec ses fils et bientôt sa petite-fille.

— Et Anna, comment va-t-elle ?

— Ça va. La petite bouge beaucoup la nuit, alors elle est fatiguée mais la grossesse se passe bien.

— Il faut qu'elle se repose, elle aussi. Elle ne peut pas s'arrêter maintenant ?

— Non, pas encore. Mais la gynécologue a dit qu'elle lui prescrirait un congé pathologique mi-mai.

— D'accord. En attendant, je suis là moi, si vous avez besoin. Pour faire les courses ou autre. N'hésitez pas.

— Merci, maman.

Florence se leva d'un coup, laissant la table pleine de confettis rouges, comme des gouttes du sang malade de Louis sur la nappe blanche, et elle revint avec un verre et une bouteille de chardonnay. Louis regarda sa montre, les yeux écarquillés :

— À cinq heures et demie ? Vraiment ?

— C'est à cause de toi que je me suis mise à boire ! le gronda-t-elle en riant. Tu veux quelque chose, toi ?

— De l'eau, merci.

— Tu sais, c'est dur pour moi aussi ! Mon fils aîné qui est malade…

Il lui prit la main affectueusement.

— Je vais m'en sortir maman. Je vais me battre.

Elle se servit un verre et but une gorgée avant de s'asseoir.

— Je suis heureuse que tu aies Anna à tes côtés. C'est une femme exceptionnelle. Elle est courageuse, aimante, intelligente. Elle sera une mère formidable, j'en suis certaine.

— Oui, moi aussi.

Un air songeur s'empara de son visage :

— Dommage qu'elle n'ait pas de sœur pour Jean. Je m'inquiète pour lui, tu sais.

— Pourquoi dis-tu ça ?

— C'est un coureur ! Il a vingt-sept ans et il se comporte comme un adolescent ! Et puis, tu aurais vu la dernière qu'il m'a ramenée.

— Ah bon ? Qui ça ?

— Une fille tatouée de la tête aux pieds, vulgaire… Je lui ai dit à ton frère : ce n'est pas un corps qu'elle a, c'est un encrier.

Louis ne put s'empêcher de rire.

— Et elle fait quoi dans la vie ?

— Qu'est-ce que j'en sais moi ? Il m'a à peine donné son nom qu'ils étaient déjà partis. Je le lui ai déjà dit pourtant. Ne me présente plus personne tant que tu n'es pas sûr ! Mais il n'en fait qu'à sa tête !

Louis sourit au souvenir de la dizaine de filles que son frère avait ramenées à la maison. Jean ne comprenait pas pourquoi sa mère s'agaçait de les découvrir en petite tenue lorsqu'elle se levait pour prendre son petit-déjeuner. « Ce n'est pas un hôtel de passe, bon sang ! J'aimerais boire mon café et manger mes biscottes tranquillement ! »

Qu'allait-il devenir Jean ? Serait-il capable de s'occuper de leur mère alors qu'il peinait déjà à s'occuper de lui-même ?

— Je lui en parlerai.

— Merci, mais on le connaît Jeannot, il n'en fait qu'à sa tête.

Louis termina la dernière crêpe et se leva :

— Elles étaient délicieuses ! Ça ne te dérange pas si je vais dans l'antre des livres ?

— Bien sûr que non, il est à toi !

« L'antre des livres » était une pièce étroite, aux murs recouverts d'étagères débordantes de romans, de classiques, de polars et de livres d'histoire… Louis adorait y flâner pour observer les couvertures multicolores, lire les noms des auteurs et se laisser emporter par un titre évocateur. Il aimait prendre un ouvrage au hasard, feuilleter son vieux papier couleur caramel et s'enivrer de son parfum de café et chocolat. Parfois, il découvrait une fiche de lecture recouverte de l'écriture de sa mère ou de ses grands-parents, qui recopiaient les phrases qu'ils aimaient, ou notaient les interrogations que la lecture suscitait.

« Ces histoires du passé éclairent notre présent. La nature humaine est toujours la même, quels que soient les siècles », lui disait mamie Katell. « Les grands livres nous parlent, Louis. En lisant, nous apprenons sur nous-même. Nous nous révélons à nous-même. Tel trait de caractère. Tel sentiment. La lecture, c'est un échange entre toi et les mots. Une conversation véritable. »

C'était là qu'il avait bâti sa culture littéraire. Et c'était là qu'il espérait que sa fille bâtirait la sienne.

— Alors tu trouves quelque chose d'intéressant ? demanda sa mère en entrant dans la pièce.

— Non, pour le moment je regarde. Il y a une étagère en plus ?

— Oui, j'ai remonté des livres de la cave il y a deux semaines et ton frère a enfin ajouté une étagère ce week-end. Heureusement que je ne suis pas pressée… Enfin, tu te sers, tu prends ce que tu veux !

— Merci m'man.

— Je vais faire un thé. Tu en veux un ?

— Oui, merci.

Louis leva les yeux vers la nouvelle étagère et lut les titres : *Les Mystères de Paris* d'Eugène Sue, ce roman social fleuve sur la misère et l'injustice régnant dans la capitale du XIXe siècle. *L'Étranger* de Camus, l'un de ses livres préférés, avec son fameux incipit : « Aujourd'hui, maman est morte. Ou peut-être hier, je ne sais pas. » Louis ne put s'empêcher de le réécrire dans sa tête : *Aujourd'hui, mon fils est mort. Juste avant la naissance de ma petite-fille.*

Camus avait adressé une lettre à son instituteur Louis Germain pour le remercier de son enseignement, quelques jours après avoir reçu le prix Nobel de littérature : « Quand j'ai appris la nouvelle, ma première pensée, après ma mère, a été pour vous. Sans vous, sans cette main affectueuse que vous avez tendue au petit enfant pauvre que j'étais, sans votre enseignement et votre exemple, rien de tout cela ne serait arrivé. »

Anna et Louis avaient discuté de cet hommage, se disant que ce devait être quelque chose pour un professeur de recevoir les remerciements d'un élève devenu célèbre, dix ou vingt ans plus tard. Louis avait parfois recroisé certains élèves qui l'avaient remercié de leur avoir donné le goût de la langue et de la littérature. D'autres s'étaient orientés vers des filières littéraires, quelques-uns désiraient même devenir profs à leur tour. Parmi eux, se cachait-il un futur auteur de renom ?

Le regard de Louis fut soudain attiré par une couverture noire, celle d'une biographie de Gérard Philipe, ce mythe du théâtre et du cinéma des années cinquante à la carrière fulgurante. Un jeune premier très beau, emporté par un cancer foudroyant à trente-six ans. Louis sortit le volume de la bibliothèque et l'ouvrit. Les premières phrases qu'il lut étaient extraites d'un entretien avec un journaliste :

« Quelle pensée s'impose souvent à vous ?

— L'urgence des choses que je dois faire.

— Qu'est-ce qui vous étonne dans la vie ?

— Sa brièveté. »

Ces réponses le bouleversèrent. C'était si vrai. C'était comme si l'acteur avait surgi du passé pour lui parler et révéler ce qu'il ressentait au plus profond de lui-même. La vie était si courte. Louis n'avait que trente ans et il avait tant de choses à accomplir encore. Trente ans, c'était déjà très jeune à l'échelle de l'espérance de vie, alors à l'échelle de l'humanité ou de la Terre, ce n'était rien, une seconde, un instant.

Il détenait ici le sujet de sa seconde vidéo.

Louis alluma son téléphone et appuya sur « enregistrer ».

22

Bonjour, ma fille,

Je ne sais pas quand tu écouteras ce message, mais quel que soit ton âge, ce que je vais te dire sera toujours vrai.

Tu sais, maintenant que le temps m'est compté, je réalise qu'il représente, sans doute avec l'amour et la santé, la chose la plus précieuse au monde.

La vie est courte, on ne s'en rend pas compte, et le temps file à toute allure et ne se rattrape jamais.

Je regrette tellement tous ces moments perdus à ne rien faire, à paresser au lit sans raison, à regarder des séries, des films ou des émissions de télé sans intérêt, comme si j'avais l'éternité devant moi. J'aimerais tant pouvoir les rattraper et les utiliser maintenant que j'en ai besoin.

Quand je pense à la liste de toutes les choses que j'ai remises à plus tard, croyant avoir le temps, pensant les accomplir dans un, deux ou cinq ans ; elle me paraît interminable. Et je sais qu'il est trop tard maintenant.

Faire le tour du monde par exemple. Découvrir la baie d'Halong au Vietnam. Traverser l'Amérique du Sud, du désert d'Atacama à Ushuaïa. Prendre la légendaire route 66 d'est en ouest jusqu'à Los Angeles. Admirer le Taj Mahal. Marcher sur la muraille de Chine. Visiter Moscou et Saint-Pétersbourg. Nager au milieu des dauphins, dans les eaux paradisiaques de Polynésie. Voir les lions en Namibie, les aurores boréales en Islande…

Je ne connaîtrai jamais tous ces trésors du monde. Et les voyages ne sont qu'un exemple parmi d'autres. J'aurais aimé apprendre à jouer du piano, j'aurais voulu passer mon permis moto, lire l'intégrale de Flaubert, Hugo, Duras, Zola, Sand, Balzac, toute La Comédie humaine, quatre-vingt-treize volumes, tu imagines ! J'aurais aimé sauter en parachute aussi, une fois, pour découvrir cette sensation unique de voler, et voir le monde du ciel, mais pour ça il aurait fallu que je surmonte mon vertige…

(Louis sourit.)

Enfin bref, tu le vois, ton père est un incorrigible rêveur qui pensait avoir toute la vie devant lui !

Alors j'ai un conseil pour toi. Établis la liste de toutes les choses que tu aimerais faire maintenant. Et classe-les par priorité et difficulté.

Demande-toi ce que tu désires vraiment. Demande-toi ce que tu peux réaliser cette année, ou l'an prochain, mais n'attends pas. Et passe à un autre objectif dès que tu en atteins un.

Si je l'avais faite cette liste, je suis sûr que j'aurais déjà visité le Sri Lanka ou l'Argentine avec maman, et que je saurais jouer « Let It Be » au piano.

Regarde-la souvent cette liste pour te rappeler ce que tu as fait, et savoir où tu en es, si tu vas dans la bonne direction. Tu verras, tu la modifieras, au gré de tes envies, de tes besoins et de tes ambitions, mais elle te servira comme une boussole.

Cette liste, montre-la à maman, vous la compléterez ensemble.

J'aurais tellement aimé la faire avec vous.

Je t'aime.

23

Lorsqu'elle leur ouvrit la porte, la mère de Jo poussa un cri de surprise joyeuse en les découvrant vêtus comme à dix-huit ans, avec des casquettes et des bandanas dans les cheveux, des T-shirts AC/DC et Guns N'Roses et des jeans troués. Elle, au grand dam d'Oli, ne portait ni bigoudis ni charentaises ni même une robe de chambre, mais un T-shirt-jean-baskets des plus rock.

— Que je suis contente de vous voir réunis ! J'ai l'impression de rajeunir de dix ans !

Son mari était sorti faire du vélo avec des amis, mais Jo le soupçonnait d'avoir fui pour ne pas avoir à supporter le vacarme de leur musique.

— Il a toujours trouvé qu'on jouait mal. De toute façon, à part Johnny, il n'aime rien.

La mère de Jo leur avait préparé des cookies et avait mis des sodas et des bières au frais.

— Prenez ce que vous voulez, vous connaissez le chemin du frigo.

Elle leur parlait, leur posait des questions sur leurs enfants, « Alors Olivier, comment va Luka ? Tu as des photos, ça fait longtemps que je ne l'ai pas vu », « Et vous, Louis et Anna ? Jo m'a dit que vous attendiez un heureux événement ! Je suis tellement contente pour vous ! C'est une fille, c'est ça ? »

La mère de Jo avait toujours été un moulin à paroles. Dès que l'on croyait être enfin arrivé au bout de la conversation, elle la relançait par une question, une anecdote ou un souvenir.

— Vous vous rappelez la fois où les voisins ont appelé la police pour se plaindre du bruit ?

— Oh oui, on s'en souvient !

— C'était drôle !

— On avait eu de la chance de tomber sur des flics fans d'Oasis ! On leur avait joué « Wonderwall » et « Don't Look Back in Anger », et ils étaient partis en disant que les voisins n'avaient aucun goût.

Ils rirent. En les accompagnant au garage, la mère de Jo baissa la voix :

— Bon, ne mettez pas le son trop fort, les voisins sont toujours là. Ils ont vieilli, et ils supportent encore moins le bruit qu'avant.

— Mais ils ont quel âge ? Ils ne sont pas devenus sourds ?

Le garage n'avait presque pas changé depuis leur dernière répétition. La vieille Renault 19 que leur prêtait le père de Jo pour sillonner la région avait fait place à une Audi, « ouais, mon père s'est fait plaisir à la retraite», mais la batterie de Jo était toujours là, au fond, sous le mur d'outils. La grosse caisse avait légèrement noirci avec le temps, mais elle avait l'air en bon état, et les cymbales brillaient comme si on venait de les nettoyer.

— Mais t'y joues encore petit cachottier? demanda Louis.

— Oui, ça m'arrive, c'est mon défouloir quand j'en peux plus des jumeaux! Et puis, je me suis entraîné pour ne pas être trop rouillé aujourd'hui.

Tandis que Jo s'installait derrière sa batterie et qu'Olivier accordait sa basse, Louis eut un mouvement d'arrêt en prenant sa guitare. C'était une vieille américaine que son oncle Philippe avait retapée et customisée spécialement pour lui. Louis avait tellement joué sur cette guitare. Il avait passé tellement d'heures avec elle, à s'abîmer les doigts sur ses cordes en acier et ses frettes épaisses, à enrager de ne pas réussir à enchaîner les accords et les notes de ses guitaristes préférés.

Il avait un drôle de sentiment maintenant qu'il l'avait à nouveau dans les mains. Celui d'avoir laissé tomber un être cher, une amie, sans raison. Que lui dirait-elle si elle pouvait parler? Ça ne se fait pas d'abandonner sa passion comme ça? Une passion, ça ne se quitte pas, ça se garde jusqu'au bout, jusqu'à la fin de sa vie, même si on n'a plus aucun espoir d'en faire son métier?

Lui revint en mémoire une phrase d'un de ses professeurs de philosophie: «Il y a trois types d'êtres humains. Ceux qui vivent pour atteindre leur rêve. Ceux qui l'ont abandonné. Et ceux qui rêvent leur vie faute d'avoir le courage de l'affronter. » Qu'avait-il fait de ses rêves ?

Anna installa le cahier de partition sur le chevalet et s'approcha du micro timidement, comme si c'était la première fois. Ça lui faisait tellement bizarre de se retrouver ici après toutes ces années et surtout dans ces conditions. Elle n'en avait pas envie, mais elle le faisait pour Louis, elle avait l'impression d'obéir à une de ses dernières volontés, ce qui la troublait encore plus. Il avait fallu que la maladie surgisse et le menace de mort pour qu'ils retrouvent enfin les chemins de la musique. C'était idiot.

Louis balança un gros accord de ré saturé, impatient :

— On commence par quoi ?

— Un truc simple ? « Knockin' On Heaven's Door » ?

— Frapper à la porte du paradis… C'est parfait pour moi ça ! dit-il dans un sourire.

Un voile de tristesse recouvrit le regard d'Anna :

— Lou ne commence pas, s'il te plaît !

— Pardon, j'arrête !

Jo compta un, deux, trois en frappant ses baguettes et donna le coup d'envoi de la répétition. Sol, ré, do majeur, sol, ré, la mineur, les accords signés Bob Dylan s'enchaînaient avec fluidité, leur version était plus rapide, plus « punchy », elle ressemblait à la reprise de Guns N'Roses. La voix d'Anna manquait de force, mais elle était juste, il fallait simplement qu'elle reprenne confiance en ses capacités vocales.

Quand Louis attaqua le solo final, Anna se retourna pour le regarder. Il semblait si heureux, dans son élément. Ses doigts couraient sur le manche de sa guitare pour rattraper le temps perdu. Il fermait les yeux, un sourire aux lèvres, en se penchant en avant, en arrière, comme un balancier qui hésitait entre la vie et la mort, la joie et le désespoir.

Son regard croisa ceux de Jo et d'Oli, ils souriaient devant cet instant suspendu, loin de tout, de la maladie de Louis, des problèmes d'Oli avec son fils Luka, ou des jumeaux infernaux de Jo.

— Wow ! C'était bon ! Non ? s'écria Louis, haletant, juste après la note finale.

— Carrément !

Louis posa sa guitare et sortit son téléphone.

— Qu'est-ce que tu fais ?

— Une vidéo.

— Pourquoi ?

— Pour se souvenir de ce moment-là pour toujours.

— T'es relou, je suis pas coiffé, rigola Jo.

— Et puis, ça fera une vidéo pour notre fille. Si je ne suis plus là.

— Lou arrête, dit Anna d'une voix tremblante.

— Quoi ?

— J'aime pas quand tu dis ça.

— Mais c'est vrai. On ne peut pas faire comme si tout allait bien.

— Mais toi, tu ne peux pas faire comme s'il n'y avait aucun espoir, aucune chance ! cria-t-elle, et sa voix se répéta en écho dans le micro.

Louis n'écoutait pas. Il voulait immortaliser ce moment. Maintenant. Il appuya sur « enregistrer ».

Bonjour ma fille ! Regarde où nous sommes ! Dans le garage de Jo, là où nous répétions quand nous avions dix-huit, vingt ans... Je ne te les ai pas encore présentés, alors voilà... Ce sont tes parrains, Jo et Oli...

— Tes parrains ! répétèrent-ils, incrédules.

— Tu nous annonces ça, comme ça ?

— Oui, je vous annonce ça, comme ça ! Il n'y a pas de meilleure façon pour l'annoncer. Alors oui, je vous le dis, vous serez, si vous l'acceptez, les parrains de notre fille.

Louis tournait sur lui-même, heureux.

Tu vois, ma fille, ce sont mes meilleurs amis, mes frères ! Là, derrière la batterie, c'est Jo. Jo quand il était plus jeune, c'était un vrai casse-cou, le genre à mettre la tête là où on n'osait pas mettre la main, tu vois. Il a eu des jumeaux l'an dernier, Sasha et Noah, tu pourras jouer avec eux. Tu verras, ils crient et pleurent sans arrêt mais ils sont adorables ! Jo, tu fais un coucou à ta filleule ?

— Ils ne crient pas sans arrêt, ils sont seulement pleins d'énergie ! rétorqua Jo, faussement vexé.

Louis se retourna :

Lui, le grand costaud, c'est Oli. Oli c'est la force tranquille du groupe et un formidable bassiste, même s'il ne le sait pas. Il a un fils Luka qui a dix ans. Oli, dis bonjour à notre fille !

— Salut toi, hâte de te rencontrer ! dit-il timidement, en rosissant.

Et là, au micro, c'est maman ! La meilleure et la plus belle chanteuse du mo…

Louis s'arrêta brusquement. Anna s'était retournée pour pleurer, le visage enfoui dans ses mains. Louis baissa son téléphone et appuya sur « stop ».

— Mon amour… Qu'est-ce qu'il y a ?

— Je ne peux pas… Je ne peux pas te voir faire ces vidéos…

— Mais quoi ?

— Tu rigoles, tu souris, tu fais semblant de prendre ça à la légère, mais ce n'est pas drôle. Pas drôle du tout.

— Mais quoi, mon amour ? Tu voudrais que je pleure ? Que notre fille ait le souvenir d'un père malade et désespéré ?

— Mais non…

— Alors quoi ?

— Je sais pas Lou, je sais pas. C'est juste que… C'est trop dur, je n'y arrive pas.

Ce soir-là, les voisins n'eurent pas besoin d'appeler la police. Et le père de Jo n'eut pas à supporter leur musique lorsqu'il rentra. Leur première répétition depuis sept ans s'arrêta comme ça, sans qu'ils sachent s'il y en aurait une autre.

24

Bonjour, ma fille,

Hier avec maman, Jo et Oli, nous avons reformé notre groupe de rock JOLA. J pour Jo, O pour Oli, L pour Louis et A pour Anna.

Maman te fera écouter des enregistrements si on les retrouve. Nous n'avions pas joué ensemble depuis sept ans. Ça en fait des années !

Ça m'a fait un bien fou de retrouver ma guitare, mon micro, d'entendre la grosse caisse de Jo derrière moi, la basse bourdonnante d'Oli, et la voix de maman. J'adore sa voix, elle est pure et cristalline, quelle chance tu auras de l'entendre te chanter des berceuses pour t'endormir.

(Louis fit quelques pas.)

J'espère que tu auras une passion toi aussi. Un monde dans lequel tu t'épanouiras. La musique, la littérature, la danse, la peinture, le sport, les sciences, la cuisine… Quelle qu'elle soit, ne laisse personne te dire que ta passion n'est pas pour toi. Ne laisse personne te dire que ton rêve est impossible. C'est ton rêve, tu dois le chérir, et le faire grandir patiemment, comme une fleur.

Tu sais, moi je pense qu'il faut goûter à tout pour trouver sa voie. Petit, j'ai fait du judo, du dessin, mais c'est la littérature et la musique qui m'ont conquis.

Lire, c'est rêver les yeux ouverts : combien de jours ai-je passés en compagnie de mes amis imaginaires, les personnages du Club des cinq, *Jean Valjean, Quasimodo, Rémi et Vitalis du roman* Sans famille *d'Hector Malot, à rêver de voyages en compagnie de Jules Verne, et de chevauchées avec les mousquetaires d'Alexandre Dumas.*

Et la musique est la langue des émotions. Ça rend heureux, triste, ça donne envie de rire, de danser, de pleurer, d'aimer, de partager…

D'aussi loin que je me souvienne, j'ai toujours chanté en écoutant la radio, j'ai toujours imité les sons de guitare que j'entendais… Je prenais n'importe quoi, un balai, une lampe, et je reproduisais les gestes de ces guitaristes que je voyais à la télé, jusqu'à ce que mon oncle Philippe m'offre ma première guitare électrique le jour de mes quinze ans.

Le soir, quand je rentrais de l'école, je me dépêchais de faire mes devoirs pour jouer. J'allumais le radiocassette et je jouais par-dessus mes morceaux préférés pendant des heures, « Hotel California », « Still Loving You », « Don't Cry », « Stairway to Heaven »… Souvent, mamie Flo entrait dans la chambre avec sa tête fâchée, tu verras elle a une barre entre les sourcils quand elle n'est pas contente, et elle me demandait d'arrêter, en me disant que c'était aussi la chambre de Jean, qu'il fallait que je le laisse tranquille. Mais ça ne le dérangeait pas Jean, bien au contraire, il jouait aux jeux vidéo dans le salon, pendant que ma mère faisait la cuisine, ou le ménage… On ne l'a pas beaucoup aidée mamie Flo… Nous avons eu de la chance de l'avoir.

Et puis, nous avons formé notre groupe avec Jo et Oli. JOL. Et maman nous a rejoints pour former JOLA. Qu'est-ce qu'on a joué ensemble! On répétait toutes les semaines, on faisait des concerts en province, on participait à des concours, des tremplins… Mais on n'a jamais gagné. Et quand on a commencé à travailler, on a perdu la flamme, on s'est découragé. On a pensé qu'on n'était sûrement pas faits pour ça, que notre chance était passée.

Il y a une phrase qui dit que ceux qui y arrivent sont ceux qui n'abandonnent jamais. Qui sait où nous en serions si nous n'avions pas laissé tomber? Quand j'entends ce qui passe à la radio ou à la télé, je me dis qu'on aurait dû persévérer. Mais c'est comme ça. On ne saura jamais.

(Il marqua une pause, nostalgique, puis il passa dans le salon et s'arrêta devant sa vieille guitare électrique accrochée au mur. Celle que son oncle Philippe lui avait offerte.)

Je te laisserai ma guitare. J'espère que tu auras envie de l'essayer, ce serait drôle que tu joues nos chansons avec maman, Oli et Jo.

Si tu ne la trouves pas, c'est sûrement Jean qui l'aura prise. Jean m'a toujours tout pris. Mes vêtements. Mes jouets. Mes téléphones. Mes ordinateurs. Il te dira qu'il n'avait pas de chance d'être le petit frère, qu'à cause de ça il n'a eu que des affaires d'occasion, mais je crois qu'il était content de passer après moi, son grand frère rockeur.

Je t'aime, ma fille.

25

Louis dut négocier pas à pas avant qu'Anna accepte de partir quatre jours en Bretagne pour les vacances de printemps. Elle ne voulait pas s'éloigner de l'hôpital avant la seconde chimiothérapie.

— Je viens de refaire une transfusion de globules rouges et de plaquettes ! Tout va bien !

— Ce n'est vraiment pas prudent. Et si tu attrapes un virus ? Tu sais que tes défenses immunitaires sont faibles !

— Oui je sais, mais j'en ai parlé au professeur Lévy. Il m'a juste dit d'éviter la foule et les transports en commun. Alors la mer, ça va ! Le grand air me fera du bien avant de retourner en chimio !

— Tu es sûr ?

— Oui ! Et de toute façon, je n'en peux plus d'être ici. Et ça te fera du bien à toi aussi, il y a tellement longtemps qu'on n'est pas partis !

Avant de prendre la route, Anna et Louis firent les magasins. En ce sixième mois de grossesse, Anna ne rentrait plus dans aucun vêtement et elle n'avait plus aucun maillot à sa taille. Au contraire, Louis flottait désormais dans la plupart de ses jeans et caleçons.

Ils s'étaient pesés le matin, chose qu'ils n'avaient pas faite depuis un mois :

— Alors ? demanda-t-elle en se penchant au-dessus de la balance.

— Soixante-six. Seulement un kilo perdu en trois semaines, c'est bien, non ?

Anna regarda son reflet dans la glace, ses joues creusées, ses abdominaux qui se dessinaient. Louis avait perdu sept kilos depuis le début de la maladie et ne parvenait pas à les reprendre. Mais le professeur Lévy avait été rassurant : il avait un peu d'embonpoint auparavant, il était désormais à son poids idéal et devait le maintenir.

— Ça te va bien, oui, dit-elle en hochant la tête.

Louis se mit de profil puis de face et contracta ses muscles :

— Parfait pour Bréhec plage ! Allez, à toi ! s'exclama-t-il, en lui tapant sur la fesse.

Anna mit un pied sur la balance, puis lentement le deuxième en grimaçant.

— Soixante-deux ! Tu me rattrapes ! Avant la fin de la grossesse tu seras plus lourde que moi !

— L'angoisse ! Je vais t'obliger à grignoter entre les repas, tu vas voir !

Lorsqu'ils arrivèrent, Louis n'attendit même pas qu'Anna ait coupé le moteur pour bondir hors de la voiture, son téléphone à la main.

Voilà ma fille ! Voilà notre maison de famille ! Ta maison ! Elle est belle, n'est-ce pas !

Il longea le parapet et avança droit vers le portail couleur grenat.

Regarde le jardin ! Tu aimes ? Tu verras, en été, les couleurs des hortensias. Des roses, des bleus, des mauves, c'est magnifique !

Louis retrouva avec joie le toit gris presque noir, la porte et les volets rouge bordeaux, les murs aux larges pierres apparentes. Il eut l'impression que la maison lui parlait et qu'elle lui souhaitait la bienvenue.

C'est ton arrière-arrière-grand-père Yann qui l'a construite. Et ton arrière-grand-père Erwan y est né ! Tu te rends compte ?

Louis ouvrit le portail et entra dans le jardin. Le bruit de ses pas sur le gravier lui fit remonter des souvenirs de courses effrénées avec son frère.

Et là, tu vois, entre le pommier et le toit ? On voit la mer ! La Manche ! (Il prit une grande inspiration.) *On sent les sels marins, ça fait tellement de bien !*

Il se retourna.

— Chérie, tu viens ?

— Et les valises ? Elles vont se porter toutes seules ? râla Anna en ouvrant le coffre.

— J'arrive mon amour, j'arrive ! rit-il enjoué.

Louis prit le sac le plus lourd et se dépêcha jusqu'à la porte. Lorsqu'il l'ouvrit, il sut que rien n'avait changé. Il reconnut l'odeur familière dès l'entrée, une odeur qui venait du passé, un mélange de pierre humide, de mer, et de bois.

Bienvenue dans ta maison, ma fille! dit-il, son téléphone toujours à la main.

Il entra dans la pièce principale avec ses tomettes rouges et froides, ses poutres en chêne et ses murs en crépi blanc. Sur le portemanteau du salon, il retrouva les vieux cirés jaunes que ses grands-parents et sa mère portaient quand ils allaient marcher sur la plage à la recherche de coquillages et de jolis galets bien lisses.

Au fond, il filma la cuisine où sa grand-mère s'activait par-dessus les poêles et les vieux faitouts en fer gris.

Voilà, c'est ici que mamie Katell nous préparait ses fameuses crêpes quand nous étions enfants, Jean et moi. On était tellement impatients de les manger pour le goûter! Elle les faisait au caramel, au chocolat, à la pomme, un délice! Elle nous a transmis sa recette, toi aussi tu les goûteras ses crêpes!

Pendant qu'Anna défaisait la valise dans la chambre, Louis resta un long moment les yeux fermés, pour entendre la voix de sa grand-mère avec son accent breton qui venait de loin, ses R roulés, ses fins de phrases et de mots avalées qui laissaient les histoires de marins et de pêcheurs en suspens. Mamie Katell lui manquait tant.

— Tu me trouves comment? demanda Anna en revenant, vêtue d'une robe à fleurs qu'elle venait d'acheter.

— Sublime! La plus belle des fleurs!

— C’est vrai ?

— Oui ! Mais n’oublie pas, en avril, ne te découvre pas d’un fil ! Alors mets un pull quand même, il doit faire frais en bord de mer !

Il l’attira à lui et l’embrassa.

— Allons-y !

26

Louis filma presque tout leur séjour, de l'abbaye de Beauport à la plage de Bréhec, du château de Jagu au gouffre de Plougrescant.

J'espère que tu aimeras notre belle Bretagne comme je l'aime, ma fille. J'avais le doux rêve d'y emménager, j'y ai tant de beaux souvenirs d'enfance et de vacances. Ses couleurs me manquent. Des couleurs de mers et de ciels, de roches et de fleurs dont Paris ne se pare jamais. Ses senteurs de sels et de verts pâturages aussi. C'est la campagne à la mer, ou la mer à la campagne.

Il y a tant de lieux que j'aimerais que tu visites. Des lieux qui racontent une histoire, pour moi et notre famille. Je ne veux pas que tu y ailles en pèlerinage, non, mais que tu t'y rendes comme si j'étais à côté de toi. Je ne vais pas te les décrire en détail, je veux que tu les voies et les ressentes par toi-même. Car un lieu, un endroit n'est pas figé dans le temps, il vit, il change selon qu'il pleuve ou qu'il fasse soleil, que tu pleures ou tu souries. Un lieu se lit, se vit à travers son passé et son présent, ses émotions et ses sentiments.

Il y aura sans doute beaucoup d'autres endroits qui marqueront des moments-clés de ta vie, des débuts et des fins d'histoires, des rencontres, des séparations, des départs et des arrivées. Mais les Côtes-d'Armor seront toujours là pour toi.

Louis filma les paysages, prit des photos des plages, des rochers, des fleurs. Il photographia Anna posant dans le vent entre mer et ciel, la prit quand elle ne s'y attendait pas. Elle était belle sur chacune d'elles.

J'ai tant de souvenirs de balades à l'abbaye de Beauport, avec au loin l'île Saint-Riom. Elle est belle cette abbaye au milieu des hortensias roses et mauves. Quand la marée est haute, la mer vient lécher ses abords, on a l'impression qu'elle va être engloutie, mais non, elle tient bon après tous ces siècles.

Maman et mamie t'emmèneront au jardin des plantes du château de Jagu. C'est important de connaître la nature, le nom des végétaux, des animaux qui nous entourent. On reconnaît les logos des marques comme Nike, Renault, Apple, Starbucks, McDo, mais on est incapable de distinguer l'armérie maritime ou le cassiope, le camélia ou le rhododendron…

Ils partirent ensuite voir Castel Meur, cette célèbre maison de pierres coincée entre deux rochers.

Enfant, je me demandais qui des rochers ou de la maison avait été là en premier. Je me disais que cette maison devait appartenir à un magicien ou à un ogre, mais pas à un humain ; elle était trop mystérieuse, trop inquiétante quand la nuit tombait.

Ils finirent au gouffre de Plougrescant.

Je me rappelle quand nous y allions avec Jean à vélo. Nous montions en haut des rochers et nous admirions pendant des heures les couleurs changeantes qui passaient du bleu au blanc, du gris à l'orange. Il n'y a pas une minute semblable. Quand tu regardes à l'ouest, il y a du brouillard et du gris alors qu'au nord tout est bleu et clair. Et puis soudain, le vent se lève et la mer se transforme d'étendue paisible en vagues tonitruantes qui se fracassent dans des hurlements de mort sur les tors, ces énormes blocs de rochers marron.

C'est aussi ça la beauté de la Bretagne : la pluie et le soleil, le calme et la tempête, un balancier éternel qui la rend unique.

Je t'aime, ma fille.

7^E MOIS

MAI

27

Ma fille chérie,

Maman a fait la troisième échographie hier. Qu'est-ce que tu as grandi ! Tu paraissais immense sur l'écran de contrôle. La gynécologue nous a confirmé que tu naîtras le 24 juillet. Comme l'écrivain Alexandre Dumas et le navigateur breton Éric Tabarly ! Un signe peut-être que tu aimeras notre belle Bretagne et que tu écriras ?

(Il sourit.)

Le 24 juillet me paraît tellement loin, mais je suis déterminé à tenir jusque-là pour t'accueillir et te prendre dans mes bras. Je l'ai promis à maman et je te le promets.

Si tu es pressée, tu naîtras peut-être avant. De quelques jours ou quelques semaines, comme moi. J'avais envie de vite découvrir le monde, je crois. Tu sais, j'aimerais bien que tu sois prématurée. Pas une grande, non, je ne veux pas que tu naisses petite et rose comme une crevette, mais de trois semaines, ça serait bien. Ça me laisserait le temps de te rencontrer, de t'entendre crier pour la première fois, de te dire je suis là ma fille, je serai toujours près de toi.

J'en ai parlé avec la gynécologue qui suit la grossesse. Elle s'appelle Sarah. Elle est douce et gentille. Le terme exact, c'est gynécologue obstétricienne. Ce n'est pas évident à dire, « obstétricienne », tu n'arriveras à le prononcer correctement qu'en CM1 ou CM2, moi-même j'ajoute ou oublie toujours un R ou un T en cours de route, alors toi, imagine ! Du coup, je dis « gynéco ».

Tu aurais vu sa tête à Sarah quand je lui ai demandé :

— J'ai une question, docteur. On peut déclencher l'accouchement avant le 24 ?

— Comment ça ?

— Comme vous le savez, je ne suis pas sûr d'être là le 24. Alors si elle pouvait arriver avant. Le 14 juillet pour la fête nationale, par exemple ?

Tu aurais vu son regard, elle ne savait pas si je blaguais ou si j'étais sérieux. Du coup, j'ai dû préciser :

— C'est possible, non ? Comme pour Amazon. Il y a livraison normale, et livraison express.

Elle a dit non, ça ne se passe pas comme ça, alors, j'ai regardé sur Internet toutes les techniques pour te faire venir plus tôt. Je peux te dire que maman les fera toutes.

Pour qu'on se rencontre plus vite, il faut que maman fasse du sport. De la natation, de la marche à pied, du sport avec papa aussi. On appelle ça la

« méthode italienne », je laisserai maman t'expliquer pourquoi. Il faut aussi rouler en voiture. Il paraît que ça augmente la pression sur le col de l'utérus. Ça sera une bonne occasion d'emprunter la Mercedes de papy François.

Et apparemment, manger épicé est un cocktail explosif pour accélérer ta sortie. Les épices stimuleront le système digestif de maman, et agiront directement sur ses intestins et son utérus. Ça tombe bien, on a un resto thaïlandais très bon à côté de la maison. Et il faudra que j'achète des piments et du Tabasco aussi.

Bon, je t'épargne les détails, si tu veux en savoir plus, tu demanderas directement à maman.

En tout cas, ta date de naissance fait débat dans la famille. Surtout avec mamie Dominique qui est férue d'astrologie. Elle soutient qu'il faut absolument éviter que tu sois prématurée, parce que si tu nais avant le 24, tu seras Cancer. Et les Cancer ont un très mauvais caractère, le pire du zodiaque avec les Scorpion. D'après Dominique, les femmes Cancer sont susceptibles, têtues, lunatiques, capricieuses et mamie Do sait de quoi elle parle, sa sœur est Cancer. Elle dit que c'est une vraie peste et que c'est pour ça qu'elle ne s'est jamais mariée : les hommes n'ont jamais pu la supporter bien longtemps.

Alors que si tu es Lion, tu auras confiance en toi, tu seras généreuse, intègre, sincère et fidèle en amour et en amitié… Bon, je dois te préciser que mamie Do est Lion, donc je ne sais pas si elle très objective.

En tout cas moi, je n'y crois pas à ces histoires d'astrologie. Ça serait beaucoup trop simple si notre caractère était défini par notre jour de naissance. Un caractère, ça se forge avec la vie, avec l'amour qu'on reçoit ou pas, dans les épreuves que l'on traverse. La famille, l'entourage, l'éducation ont un rôle à jouer. Et je suis sûr qu'avec maman, Jean, mamies Do et Flo, et papy François, tu seras bien entourée; tu auras tout l'amour dont un enfant a besoin pour devenir une belle personne, avec de belles valeurs.

Je n'en ai aucun doute.

Je t'aime, ma fille.

28

Pour supporter les quatre semaines d'hospitalisation, Louis avait emporté tout ce qui pouvait l'aider à oublier la maladie, et la solitude de sa chambre grise et froide.

De la musique et des films surtout, et quelques livres, des extraits, des anthologies qu'il pouvait feuilleter facilement, car lire de manière prolongée lui donnait des maux de tête.

La musique l'apaisait. Nietzsche disait que « la vie sans musique est une erreur, une besogne éreintante, un exil ». Il avait raison. Quand Louis avait des idées noires, il mettait son casque, fermait les yeux et il s'évadait. Quand il désirait être joyeux, il mettait une playlist dance ou latino ; quand il préférait être calme et serein, il sélectionnait une playlist zen et relaxante.

La musique faisait renaître tant de souvenirs. C'était un marqueur de temps. Quand il entendait une chanson, il se rappelait une époque révolue. Un titre de Green Day le ramenait en classe de troisième. Un tube de David Guetta lui rappelait des vacances avec Jo et Oli. Il fermait alors les yeux et revoyait des visages et des lieux, et il se sentait bien.

Lorsque le professeur Lévy lui rendait visite, il se montrait rassurant. Il lui souriait, lui parlait d'une voix posée. Mais Louis ne parvenait pas à le croire complètement. Derrière chacun de ses mots, il imaginait un non-dit, une part de réalité cachée pour ne pas l'affoler.

— Vous croyez que ça va marcher cette fois ? Vous promettez que je ne vais pas mourir avant de voir ma fille ?

— Oui, nous allons tout faire pour.

— Vous me l'avez déjà dit la première fois.

— Le traitement est plus intensif et vous réagissez bien pour le moment. Ayez confiance.

— Qu'est-ce que ça doit être quand on réagit mal alors, répondit-il d'une voix faible, en pensant à toutes les douleurs qu'il endurait.

— Ces effets secondaires sont tout à fait habituels. Les médicaments détruisent vos cellules malades, alors continuez à vous battre et à être courageux comme vous l'êtes.

Un matin, le professeur entra dans sa chambre, accompagné de Jean qui venait de faire une prise de sang pour tester sa compatibilité.

— Nous aurons les résultats bientôt, monsieur Le Gall.

— Je n'ai rien senti, grand frère ! Et pourtant, tu sais que je déteste les piqûres ! Alors ne t'inquiète pas, je suis sûr que je suis compatible ! On va te sauver !

Estelle, avec son naturel enjoué, lui redonnait le sourire à chacune de ses visites. Elle lui parlait de tout et de rien, évoquait son île de la Guadeloupe qui lui manquait, la Pointe des Châteaux, les îles de la Petite-Terre.

— Je me demande parfois ce que je fais en métropole ! Je serais tellement mieux au soleil ! En tout cas, si vous y allez un jour, faites-moi signe, je vous donnerai les bonnes adresses ! Ça serait drôle que nos enfants se rencontrent !

Estelle s'arrangeait pour lui faire plaisir et lui passer des gourmandises, comme les crêpes et les gâteaux de sa mère. Elle lui apporta même une fois des accras de morue qu'il dévora.

— Ça va vous faire du bien et vous donner des forces ! Mais c'est un secret entre nous, hein, il ne faut pas le dire, ça va faire des jaloux à l'étage ! rit-elle en emportant le plateau-repas qu'il avait à peine touché.

Pendant sa cure, Louis vit d'autres malades qui comme lui se battaient pour la vie. Des patients de tous les âges, à tous les stades de la maladie.

Il y avait ce père de famille aux yeux dévastés de chagrin. Ses deux adolescents lui rendaient visite souvent mais Louis n'avait jamais vu sa femme. Était-elle toujours là pour les soutenir dans cette épreuve ? Les avait-elle abandonnés ? Était-elle décédée ?

Ou encore cette jeune femme toute maigre qui portait une perruque différente à chaque fois qu'il la voyait. Elle avait été brune, puis rousse avant de choisir un carré blond plongeant qui lui allait mieux. Elle lui souriait tristement lorsque leurs regards se croisaient.

Et il y avait cette jeune fille d'à peine seize ans, au visage délicat, au regard grave et émouvant. À qui ou à quoi pensait-elle ? À son adolescence qui filait dans ces couloirs lugubres ? À un amour qu'elle n'avait pas encore connu ? Quand on a fumé toute sa vie, bu comme un trou, pris des drogues quotidiennement, on ne peut s'en prendre qu'à soi-même, on connaissait les risques ! Mais quand on a seize ans ?

Quels étaient leurs espoirs à tous ces funambules que le destin pouvait faire basculer vers la mort, à tout moment ? En avaient-ils encore ? Leurs regrets étaient-ils nombreux ? Avaient-ils des remords ? Avaient-ils encore la force de se battre ? Pour qui, pour quoi ? Pour leurs enfants ? Leur mère, leur père ? Un frère ? Un ami ? Peut-on seulement se battre pour soi-même ?

Certains patients bénéficiaient de l'aide de Dieu grâce à un aumônier qui venait régulièrement les voir. Il devait avoir dans les soixante ans, avait un air rassurant avec ses cheveux gris et ses lunettes rondes sans monture. Il portait une blouse blanche par-dessus son costume d'ecclésiastique sur lequel brillait une large croix. Il avait proposé à Louis de le solliciter s'il en ressentait le besoin, même s'il n'était pas croyant, même s'il n'était pas baptisé.

Louis se demandait quelles seraient ses dernières volontés ? Ou plutôt ses premières, lui qui ne s'était jamais adressé à Dieu. Quelle serait sa confession au moment de partir ? Il n'avait pas fauté. Le seul pardon qu'il implorerait serait peut-être celui de ne jamais avoir cru en Lui. Oui, ce serait sans doute ça : croire au Seigneur dans les derniers instants, en espérant un miracle, un répit pour vivre avec sa fille et sa femme le plus longtemps possible.

29

Bonjour, ma fille,

J'aimerais que tu regardes cette vidéo quand ça ne va pas fort, quand un souci gâche ta journée, un problème à l'école ou au travail, quand quelque chose t'énerve, t'agace et te fait oublier l'essentiel.

Tu sais maintenant que je suis malade, je relativise. Tout. Quand je vois d'autres patients souffrir, des enfants, des adolescents qui ont à peine vécu et qui voient déjà la vie les conduire à la mort... Je repense à toutes ces fois où je me suis mis dans des états pas possibles pour des choses sans intérêt, un embouteillage, une panne Internet, un match de foot...

J'aimerais que tu réfléchisses et que tu te demandes si ce souci vaut la peine de gâcher ta journée... Je me souviens d'une conversation pendant un dîner chez Capucine. Tu la connais sans doute Capucine, c'est la meilleure amie de maman. Je n'ai jamais compris pourquoi, je ne l'ai jamais beaucoup appréciée, mais chut, ça reste entre nous! Capucine parlait de son travail, de ses problèmes avec ses collègues et son boss. Dans sa bouche, son travail n'avait jamais autant mérité son étymologie latine, tripalium, *torture. C'est terrible quand on y pense. « Je vais au travail » signifie étymologiquement « je vais à la torture »... Alors j'espère que tu auras un métier qui te plaira ma fille, qu'il ne sera jamais synonyme de douleur. Et si c'est le cas, promets-moi de vite en changer pour trouver ta voie.*

(Louis marqua une pause pour se remémorer cette soirée.)

J'étais assis en face de Capucine, je me forçais à l'écouter en faisant semblant de compatir. Elle disait qu'elle avait eu une urgence au boulot. Son boss l'avait appelée un dimanche matin pour terminer une présentation PowerPoint et changer quelques mots dans des slides. *Voilà ce qu'étaient les urgences dans son monde étriqué. Modifier un PowerPoint. Tu imagines le degré d'urgence absolue !*

Quand je repense à cette soirée... Tout le monde autour de la table avait des urgences similaires... Un e-mail à envoyer, un coup de fil à passer à un collègue...

(Sa voix enfla.)

Qu'ils viennent dans un centre de cancérologie pour voir ce qu'est une urgence ! Qu'ils rencontrent cette adolescente de seize ans qui attend une greffe pour continuer à vivre !

On ne devrait réserver ce terme qu'aux urgences vitales !

(Louis s'arrêta pour reprendre son souffle.)

Tu sais, la maladie m'a appris une autre chose : celle d'accepter ce que l'on ne peut pas changer.

Quand le médecin m'a annoncé que j'avais une leucémie, je n'y ai pas cru, j'ai espéré me réveiller en sursaut de ce cauchemar. J'ai prié pour qu'un matin je me lève, et que tout redevienne comme avant.

Puis j'ai pleuré de désespoir, hurlé de colère. J'ai cherché un coupable, quelqu'un, quelque chose contre quoi reporter ma rage.

Mais j'ai compris qu'il est inutile de s'énerver contre des choses qu'on ne peut pas changer. Ce n'est pas ce qui nous arrive qui est important. C'est la manière dont on réagit.

Je t'aime, ma fille.

30

Pour tromper l'ennui des derniers jours d'enfermement, et après avoir vu et revu toutes les saisons de *Friends*, *Game of Thrones*, *Peaky Blinders* et *La Casa de Papel*, Louis demanda à Anna de lui apporter tous les contes pour enfants qu'elle pourrait trouver. Il voulait les lire pour leur fille, pour l'aider à s'endormir et être ainsi présent dans ce moment si important qu'est le coucher.

Louis lut la centaine d'histoires qu'Anna avait récupérées chez ses parents, auprès d'amis ou de collègues, et en sélectionna une vingtaine. Puis il s'enregistra avec le micro de son téléphone, sans la caméra, car il ne voulait pas que sa fille le voie dans cet état, dans sa chambre grise.

Louis lisait les contes lentement, pour ne pas trop se fatiguer, et surtout pour que sa fille s'endorme en douceur.

Plus il les lisait, plus il découvrait un sens qui lui avait échappé lorsqu'il était enfant. Classiques ou modernes, ils correspondaient tous à une situation réelle à laquelle sa fille devrait faire face un jour.

À la fin de chaque histoire, Louis prenait le temps de lui expliquer la morale et les valeurs transmises.

Pour le *Vilain Petit Canard* d'Andersen, il conclut :

As-tu compris la morale de cette histoire ? Le petit cygne est rejeté par les canards car il ne leur ressemble pas, et qu'il ne répond pas à leurs critères. Et lui-même ne s'aime pas car il croit qu'il est un canard moins joli que les autres. Tu le verras, dans la vie c'est pareil : une différence trop marquée dérange, inquiète et provoque même parfois le rejet, alors que ce qui nous ressemble rassure.

La morale c'est qu'il ne faut pas rejeter l'autre sous prétexte qu'il est différent. Il faut essayer de le connaître pour le comprendre. Alors ne juge pas sur l'apparence. Jamais.

À la fin du *Petit Chaperon rouge* de Perrault, il ajouta :

Voilà ma fille. La morale de cette histoire, c'est que tu dois te méfier des inconnus, même ceux qui paraissent les plus gentils et sympathiques. On ne sait jamais ce qu'ils ont derrière la tête. Parle toujours à maman des adultes qui te font des compliments, qui veulent t'offrir des cadeaux, ou t'inviter chez eux. Toujours, ma fille. Maman saura comment l'interpréter.

Pour *Hansel et Gretel* des frères Grimm, il termina :

C'est une belle histoire pleine de belles valeurs, comme l'amour, la solidarité et l'entraide. C'est en unissant leurs efforts que le frère et la sœur parviennent à échapper à la sorcière. Tu le verras, dans la vie c'est la même chose. On est plus fort à plusieurs pour surmonter un obstacle ou vaincre un problème. L'union fait la force, toujours.

Et puis, comme le Petit Chaperon rouge, il faut se méfier des apparences : la sorcière parvient à attirer Hansel et Gretel chez elle en ayant l'air sympathique alors qu'elle cache de mauvaises intentions.

Je t'embrasse.
Bonne nuit, ma fille.
Je t'aime.

31

Bonjour, ma fille,

Aujourd'hui j'ai reçu une lettre de deux de mes élèves, Hugo et Yasmine. Ils n'ont pas osé venir me voir, ils ont préféré m'écrire quelques lignes qui m'ont vraiment touché.

Ce sont mes deux élèves préférés. Ils sont si différents, et pourtant ils sortent ensemble… Comme quoi ! Hugo est un écorché vif depuis que son père est parti. C'est un beau garçon, brun, avec un regard sombre et intense. Yasmine elle, c'est la tête de la classe. Elle est douée dans toutes les matières, sérieuse, et si jolie derrière sa frange et ses grandes lunettes…

Tu auras un petit ami, toi aussi, à leur âge ? Sûrement… oui, tu seras tellement belle, mon ange. Tu verras, les premiers flirts, on ne les oublie pas. On a la main qui tremble, le ventre qui se serre, on a peur de ne pas réussir, de ne pas être à la hauteur, ne pas savoir quoi dire ou quoi faire, et c'est tout à fait normal.

Mais il faudra te méfier des garçons. Il y en a des bien, amoureux et respectueux, qui ressentiront des papillons dans le ventre en pensant à toi ; des romantiques qui t'écriront des poèmes ou des chansons.

Et il y en aura d'autres qu'il faudra fuir. Ceux qui disent des choses en pensant le contraire, qui mentent et qui se moquent des sentiments des filles. Fais attention à toi. Ne leur fais pas confiance trop vite. Ne leur donne pas trop tout de suite. Sois sûre de toi et d'eux avant d'aller plus loin.

Je crois que les pères n'en parlent jamais à leur fille, ou à leur fils. Les mères non plus. Pourtant c'est important. C'est un acte fondateur de notre vie. Un moment dont on se souviendra toujours. La première fois. C'est primordial d'être sûr. De soi et de l'autre. Alors j'espère qu'avant, tu en parleras à maman, elle saura te guider.

J'aimerais que lorsque ce jour approchera, tu y réfléchisses. Tu te poses les bonnes questions : est-ce que tu en as vraiment envie ? Est-ce que tu le fais parce que tu es amoureuse ? Ou parce que tout le monde le fait ?

Sache d'abord qu'il n'y a pas d'âge pour le faire. Je me rappelle qu'à douze ou treize ans, des copains se vantaient de s'être dépucelés dans les toilettes du collège, ou le lit de leurs parents. Ils ne l'avaient pas fait parce qu'ils aimaient leur copine, non. Ils l'avaient fait pour crâner : ça y est, je suis un homme ! Mais ce n'est pas vrai. On ne devient pas un homme à douze ans. Ce n'est pas l'acte sexuel qui fera de toi une femme. Non. Et pire, que leur reste-t-il de cette première fois? Y repensent-ils avec des étoiles dans les yeux? Je ne crois pas.

Moi j'étais très en retard, tu sais. Je peux même te dire que j'ai attendu de rencontrer maman pour faire l'amour pour la première fois, à dix-huit ans. Et j'en suis tellement heureux. Je regretterais de l'avoir fait avec une autre.

(Louis marqua une pause, essayant d'imaginer sa fille.)

Ça doit faire bizarre de voir sa petite fille chérie grandir, se transformer, devenir peu à peu femme, et attirer le regard des hommes…

Je ne sais pas comment je réagirais. Je serais sans doute un père très protecteur. Trop peut-être même.

Si ça se trouve, tu seras contente que je ne sois pas là pour te poser des questions sur les garçons…

Je serais tellement effrayé à l'idée que quelqu'un te fasse du mal.

(Louis marqua une pause.)

Enfin n'oublie pas, maman sera là, mamie et Jean, Oli et Jo aussi. Si tu as besoin d'un conseil, d'un avis, d'aide, demande-leur! Ils seront là pour toi! Toujours.

Je t'aime.

8^E MOIS

JUIN

32

L'été arrivait sans crier gare, sur la pointe des pieds. Pour la première fois de sa vie, Louis ne l'attendait pas. Habituellement, le mois de juin était synonyme de préparation des grandes vacances, de voyages (ils auraient dû partir en Croatie pour fêter leurs cinq ans de mariage), de week-ends en Bretagne, de plongeons dans les vagues, de fêtes en terrasse, de barbecues jusqu'à la fin du jour, de rires et de danses jusqu'au bout de la nuit. Mais cette seconde chimio l'avait épuisé, il avait des nausées, des maux de tête terribles, il avait encore perdu du poids, et il ne supportait plus le regard des gens et son reflet dans les vitrines des magasins. Alors Louis restait la plupart du temps enfermé dans leur appartement à se reposer et à attendre, angoissé, les résultats du traitement.

Pourtant ce matin-là, Louis décida de sortir. Il voulait offrir des fleurs à Anna pour la remercier d'être là pour lui, chaque jour, chaque heure et chaque minute. Des roses, des œillets, des tulipes, il en voulait partout, dans toutes les pièces. Il avait besoin d'égayer leur appartement de couleurs douces comme le jaune poussin ou le rose saumon.

Il y avait la queue chez la fleuriste, des mamies qui parlaient de la chaleur qui s'installait, un homme en costume noir qui réglait un problème au téléphone, un ado aussi, musique à fond sur les oreilles. Et alors que Louis se perdait dans ses pensées, une femme lui tapota le bras avec insistance. Il ne la reconnut pas tout de suite, mais dès qu'il entendit sa voix aiguë et son accent si caractéristique du Sud-Est, il s'exclama :

— Madame Belfort !

C'était son ancienne professeure de français de première et terminale. Les élèves l'appelaient « Madame Belfaible » à cause de son adjectif fétiche quand elle rendait les copies : « C'est faible, vous pouvez faire mieux ! » Elle avait changé, ses cheveux noir de jais étaient devenus gris, elle s'était tassée, avait grossi, mais c'était toujours la même énergie, et la même voix puissante et enjouée :

— Louis ! Ça me fait plaisir de vous voir ! Que devenez-vous ? demanda-t-elle sans prêter attention à son état et son bonnet rouge.

— J'ai fait comme vous, je suis prof de français désormais !

— Ça alors ! C'est que je ne vous ai pas trop dégoûté de ce beau et difficile métier ! rigola-t-elle.

— Non, c'est même le contraire !

— Vous allez me faire rougir ! rit-elle, en portant la main à ses joues.

Elle reprit, l'air sérieux :

— Rassurez-moi, vous écrivez toujours ?

Mme Belfort avait très tôt décelé le talent littéraire de Louis. C'était elle qui l'avait encouragé à écrire. Elle prenait du temps pour parcourir ses nouvelles, ses poèmes… Elle les corrigeait, lui conseillait des rimes riches, l'orientait dans le choix de ses thèmes, l'amour, l'amitié, la nature…

— Non, j'ai arrêté. J'ai bien écrit quelques chansons, mais j'étais trop concentré sur la musique et la guitare… Entre les deux mon cœur a choisi.

— L'un n'empêche pas l'autre ! lui dit-elle dans un clin d'œil. C'est dommage, vous aviez une jolie plume. C'est pour votre guitare que vous achetez ces roses, alors ?

Ils rirent.

— Non, c'est pour ma femme. Je suis marié, dit-il en montrant son alliance. Elle s'appelle Anna et elle écrit bien mieux que moi. Elle a terminé un roman d'ailleurs, mais elle n'a pas encore trouvé d'éditeur.

— Félicitations ! Quel est le sujet ?

— C'est l'histoire d'un amour passionnel entre deux jeunes artistes que l'ambition, le succès et les excès vont peu à peu séparer. Un roman sur les choix de vie, les rêves et les regrets…

— Tout un programme ! Et c'est bien ?

— Je l'ai peut-être lue avec les yeux de l'amour, mais je trouve l'histoire forte et puissante, l'écriture poétique, elle mérite vraiment d'être publiée.

Elle hocha la tête, réfléchit et dit :

— Écoutez, le hasard fait bien les choses ! Mon fils est éditeur ! Envoyez-moi son manuscrit ! Si vous dites qu'elle écrit mieux que vous, je ne doute pas de sa qualité !

Louis la dévisagea, surpris :

— Vraiment ?

— Puisque je vous le dis ! Vous savez, je crois beaucoup aux signes du destin. Alors si je vous ai rencontré aujourd'hui, c'est pour une bonne raison, et ce n'est pas pour parler de fleurs ! Vous avez de quoi noter ?

Elle lui donna son adresse e-mail et son numéro de téléphone, et au moment de le quitter, elle lui prit le bras en soutien :

— Je suis là si vous en ressentez le besoin.

— Merci, c'est gentil.

— Vraiment. Mon neveu est aussi passé par la chimio et il va bien maintenant, dit-elle en baissant la voix, les yeux plongés dans les siens. Alors n'hésitez pas, appelez-moi.

33

— Qu'est-ce que tu fais ? demanda Anna en rentrant de chez ses parents, voyant Louis assis à même le parquet, entouré de carnets et de feuillets.

— Je relis tes textes.

Anna s'approcha et vit les cartons ouverts près de la bibliothèque. Il les avait remontés de la cave. Cela faisait des années qu'ils ne les avaient pas touchés.

— Je recommence ton roman *Toi et Moi*. J'avais oublié combien il était bon.

— Pas si bon que ça puisqu'aucun éditeur n'en a voulu. Pourquoi le relis-tu maintenant ?

— Je suis tombé sur Mme Belfort…

— Mme Belfort ? répéta-t-elle en fronçant les sourcils.

— Oui, ma professeure de français de lycée dont je t'ai parlé.

— Ah oui, je me rappelle.

— Son fils est éditeur. Elle m'a dit que tu pouvais lui envoyer ton roman.

— Ah oui ?

— Oui ! Tu devrais le reprendre ! dit-il en désignant un dossier bleu.

— Oui, peut-être, répondit-elle, songeuse.

— Il n'y a pas de peut-être ! J'aime ton écriture. Elle est belle, poétique, pleine d'émotion.

— Merci, mais tu manques d'objectivité.

— Non, je le pense vraiment. C'était ton rêve, ta passion quand je t'ai connue. Tu voulais écrire, devenir auteure, tu te souviens ?

Anna sourit à l'évocation de ce rêve de jeunesse. Bien sûr qu'elle s'en souvenait. Bien sûr qu'elle se rappelait ces nuits entières passées à couvrir des pages et des pages de mots qui coulaient de son imagination à sa main en un flot ininterrompu. Bien sûr qu'elle se rappelait ces histoires qui naissaient en elle soudainement, comme surgies d'un passé lointain ou d'un autre esprit, d'une autre vie. Bien sûr qu'elle se rappelait ces journées de doute à relire ses textes à voix haute, pour être certaine de la musicalité de ses phrases. Bien sûr qu'elle se rappelait ces semaines et ces mois à réécrire chaque phrase, chaque page, patiemment, minutieusement, jusqu'à ce qu'elle soit parfaitement satisfaite du résultat.

Louis la regardait travailler le soir, le week-end, les yeux remplis d'admiration. Il lisait chacun de ses textes, donnait son avis, annotant dans la marge, proposant des améliorations, des modifications de structure, des approfondissements de personnages.

Et lorsqu'ils avaient été suffisamment convaincus du résultat final, ils avaient envoyé le manuscrit à une vingtaine de maisons d'édition, aux plus grandes bien sûr, et à de plus confidentielles aussi. Ils n'avaient reçu que des réponses négatives. Quand le service manuscrit avait daigné envoyer une réponse.

— Oui je m'en souviens, dit-elle en s'asseyant à côté de lui.

Elle prit un carnet en moleskine rouge. Le contact même du papier fit resurgir des émotions depuis longtemps oubliées.

— Pourquoi n'écris-tu plus alors ?

— Je ne sais pas. Peut-être que ce rêve n'en est plus un. Ou que je me suis découragée.

Louis se rapprocha d'elle.

— Tu sais, si cette maladie a eu un effet positif, c'est de me rappeler que la vie est courte, et que nous n'en avons qu'une pour réaliser nos rêves. Alors j'aimerais que tu reprennes ton rêve, que tu t'en occupes à nouveau au quotidien, que tu y penses tous les jours, en te disant que c'est possible.

Anna lui sourit. Elle prit les premières feuilles de *Toi et Moi* et commença à les parcourir.

Ma vie a été belle. Magnifique même, pendant ces cinq années avec lui. Mais je ne le savais pas. On ne sait le bonheur que lorsqu'il nous quitte. Sauf que c'est moi qui l'ai quitté.

— Tu devrais profiter de ton congé pathologique pour le reprendre. Et l'envoyer à Mme Belfort.

— Je ne sais pas, Lou. Je vais surtout me reposer et me battre avec toi.

Anna détourna le regard. Elle était parfois sur le point de craquer mais elle se retenait pour ne pas montrer à Louis qu'elle souffrait. Elle se disait qu'elle devait rester forte pour qu'il le demeure lui aussi. Mais c'était si difficile. Une heure plus tôt, elle s'était emportée contre sa mère qui ressassait sans cesse les mêmes phrases. Elle était une pessimiste née, et voyait toujours tout en noir. Pourquoi ne comprenait-elle pas que ses mots ne faisaient qu'accentuer sa douleur ? « Ma pauvre chérie, comment tu vas ? Tu tiens le coup ? Ne t'inquiète pas, nous serons là avec ton père pour te soutenir et nous occuper de la petite. » Elle avait crié. « Arrête de faire comme s'il était condamné, maman ! Louis se bat et il sera à mes côtés pour l'élever ! » Son père l'avait prise dans ses bras, comme quand elle était enfant, elle se sentait toujours rassurée contre lui. « Nous sommes là, ma fille. Il faut garder espoir. Louis va s'en sortir. »

Louis reprit :

— Ça me ferait tellement plaisir. J'aimerais que tu écrives et que je te relise, qu'on reprenne ensemble ce roman, comme avant.

Elle soupira.

— D'accord, je vais essayer.

34

— Le nouveau traitement d'induction n'a pas fonctionné. La rémission n'est que partielle, annonça le professeur Lévy d'une voix sombre.

— Mais vous aviez dit que ça devait marcher, gémit Anna.

— Je suis désolé, la leucémie de votre mari est réfractaire.

— Qu'est-ce qu'on va faire alors ?

— Vous avez besoin d'une greffe, c'est notre dernière solution.

— Mon frère est compatible, alors ? demanda Louis plein d'espoir.

Le médecin secoua la tête et soupira :

— Les résultats sont tombés, et il ne l'est malheureusement pas.

— Mais il y a un autre donneur ? Professeur !

— Vous n'êtes pour le moment compatible avec aucun donneur des fichiers internationaux. Nous devons attendre. Je suis désolé de n'avoir que des mauvaises nouvelles à vous annoncer.

Anna éclata en sanglots. Pour la première fois, elle se dit que c'était fini. Son amour, son mari, le père de sa fille allait mourir. C'était certain désormais.

— Aucun ! Mais comment est-ce possible ? s'écria-t-elle.

— Il n'y a malheureusement pas assez de donneurs dans le monde, madame. En France, par exemple, il n'y en a que trois cent mille. Mais il faut garder espoir. Chaque jour de nouvelles personnes s'inscrivent sur les listes. Nous pouvons très bien recevoir un appel d'Allemagne, d'Angleterre ou des États-Unis aujourd'hui ou demain.

Essuyant ses larmes dans un mouchoir, Anna ne pouvait se résoudre à imaginer sa vie sans Louis. Il fallait qu'elle continue à y croire, qu'elle se batte avec lui.

— Et il ne peut pas y avoir d'erreur ? Vous êtes certain que son frère n'est pas compatible ?

— Certain, madame.

— Et sa mère, ou son père ? Ils pourraient l'être ?

— Mon père ! s'écria Louis.

— Lou, c'est une question de vie ou de mort.

— Ils sont malheureusement trop âgés. Il faut des donneurs jeunes et en bonne santé pour que la greffe réussisse.

— Et moi, alors ! Je sais que vous recherchez des hommes de moins de trente-cinq ans en priorité, mais je veux me faire tester ! Les miracles existent !

— Oui madame, vous avez raison, il faut tout essayer.

L'oncologue les considéra avec compassion. Combien de patients désemparés avait-il reçus dans cette pièce grise et sans âme ? Combien de larmes de désespoir avait-il vues couler ? Combien de fois avait-il répété ces phrases implacables qui foudroyaient ceux qui les entendaient ? Des mots dits de manière automatique, pour mettre de la distance entre les malades et lui, pour se protéger de leur détresse, et demeurer dans une relation sans affect, clinique.

Il y eut un long silence. Louis pensait à sa fille, à sa vie sans lui. Il n'avait plus qu'elle en tête à ce moment précis.

— Est-ce que je serai là pour la naissance de notre fille ? demanda-t-il d'une voix blanche.

Anna lui serra la main plus fort. Le professeur hésita.

— Elle est programmée le 24 juillet, c'est ça ?

— Oui. Dites-nous la vérité !

— Je ne peux rien vous promettre. Nous allons mettre en place un nouveau traitement en attendant de vous greffer et…

— Mais vous avez dit vous-même qu'il n'y a qu'une chance sur un million de trouver un donneur compatible ! Alors ? J'en ai pour combien de temps ? le coupa Louis.

— Je ne peux pas vous répondre, monsieur Le Gall. Il va falloir vous suivre au quotidien pour éviter que votre état ne se dégrade.

— Je veux être là pour la naissance de ma fille. Je veux la tenir dans mes bras. Je veux l'entendre pleurer. Je veux qu'elle me voie. Je veux qu'elle me touche.

— Nous allons tout faire pour vous soigner. Tout ce qui est en notre pouvoir.

Anna se tourna vers Louis. Son regard fataliste la bouleversa.

— On va la vaincre ensemble cette maladie, mon amour. Promets-le-moi. Promets-le-nous, lui dit-elle en posant sa main sur son ventre.

Louis serra les poings. Il avait moins de deux mois d'espoir à entretenir jusqu'à la naissance de leur fille. Deux mois de combat à mener pour retarder l'heure fatidique de quelques jours, de quelques nuits. Le temps qu'il faudrait pour trouver un donneur. En France ou dans le monde.

— Je vous le promets.

35

— Putain ! La seule fois où tu as vraiment besoin de moi, je ne peux pas t'aider ! Pourquoi ?

Jean frappait dans le mur de ses poings. Louis tentait de le calmer, de le prendre par les épaules, mais rien n'y faisait, Jean avait besoin de soulager sa rage physiquement. Il donna un dernier coup qui fit trembler le plâtre froid, et il s'écroula sur une chaise, haletant de larmes. Les deux frères restèrent silencieux un long moment, redoutant cette séparation que leur promettait la maladie. Ils avaient tant partagé ensemble, ils s'étaient tant serré les coudes, sans leur père.

— T'y es pour rien. C'est comme ça. Il y avait une chance sur quatre.

— Mais c'est injuste !

Louis avait toujours été un modèle pour Jean. C'était le grand frère parfait qu'il avait toujours admiré et derrière lequel il s'était réfugié en l'absence de figure paternelle. Il avait le sens des responsabilités, avait réussi ses études tout en faisant du rock, avait acheté un appartement, épousé une femme géniale et allait avoir une fille. Quand lui, l'adulescent inconséquent, vivait toujours chez leur mère et enchaînait les boulots de barman et les conquêtes sans avenir.

Jean repensait à toutes les fois où Louis l'avait tiré d'affaire. Lorsqu'il avait embouti l'avant de la voiture de leur mère, alors qu'il n'avait que seize ans, et qu'il avait pris la petite Clio bleue dans la nuit pour impressionner une fille. Jean était rentré en panique dans la chambre et l'avait réveillé : « Lou ! Lou ! Réveille-toi ! Faut que tu m'aides, j'ai fait une connerie ! »

Le lendemain matin, au petit-déjeuner, Louis s'était accusé. Il avait dit qu'il était sorti dans un bar avec Oli et Jo et qu'il avait percuté un poteau en se garant.

« Tu te fous de moi ! » avait hurlé leur mère. « Tu as vu l'état du parechoc ? Tu avais bu ! Bien sûr que tu avais bu, avec tes potes sacs à vin ! C'est fini la voiture, OK ! Tu conduiras quand tu auras les moyens de t'en acheter une ! »

Louis n'en avait jamais reparlé. Et il n'avait pas reconduit avant que l'argent de ses jobs d'été ne lui permette l'achat d'une 206 d'occasion deux ans plus tard.

Jean repensait aussi à la fois où Louis lui avait prêté du fric, une grosse somme qu'il devait à un ancien camarade de classe devenu dealer. « Mais t'as cru que c'était les Restos du Cœur du shit, ton pote ?

Tu croyais qu'il allait te donner tout ça gratos ? » « Non, mais je devais bosser dans ce bar, tu sais, et ça s'est pas fait. Je suis vraiment dans la merde maintenant. » Et Louis lui avait tendu une liasse de billets en le sermonnant que c'était la dernière fois.

Combien de coups tordus, de mensonges minables avait-il inventés en se disant que de toute façon son grand frère serait là pour le tirer d'affaire ? Que ça soit pour du fric ou des embrouilles de cour de récré ? Et la seule fois où Louis avait besoin de lui, pour une question de vie et de mort, il le laissait tomber.

— Je suis désolé, frère.

Louis le prit par les épaules et le regarda droit dans les yeux. Ils n'avaient que trois années d'écart, à trente et vingt-sept ans ce n'était rien, mais à cet instant précis, il y avait l'homme et l'adolescent de la famille, comme quand ils avaient dix-huit et quinze ans.

— Écoute, cette putain de maladie va peut-être gagner alors…

— Non, gémit Jean.

— Laisse-moi parler. Anna et ma fille vont avoir besoin de toi. Ma fille va avoir besoin de son oncle. Elle va avoir besoin d'une présence masculine, d'un référent sur lequel s'appuyer. Alors je veux que tu sois là dans cette épreuve, je veux que tu sois l'épaule sur laquelle elle pourra se reposer quand elle en aura besoin. Fais-moi cette promesse.

— Je serai là, promis. Mais toi aussi !

— Je compte sur toi p'tit frère. Ça sera toi l'homme de la famille.

— Arrête, t'es pas encore parti.

— Oui, je suis là encore. Mais pour combien de temps ?

36

— Regarde-moi.

Louis était assis sur le bord du lit. Il portait un T-shirt noir qui tranchait avec la pâleur de sa peau. Il avait encore maigri et Anna avait dû lui donner une de ses bagues pour maintenir l'alliance qui glissait sur son annulaire.

Anna se tenait à un peu plus d'un mètre de lui, le téléphone à la main, dos à la fenêtre pour une meilleure luminosité. Louis avait son fameux sourire aux lèvres, ce sourire enfantin qui l'avait séduite et qui remontait sur la joue droite jusqu'à former une fossette si craquante.

— Sois sérieux un peu.

Louis se mordit l'intérieur des joues, mais le sourire étirait toujours ses lèvres. La situation était ridicule. Lui qui détestait les photos (il n'était jamais à son avantage, il avait un œil plus petit que l'autre, son nez n'était pas assez droit) se retrouvait à faire le mannequin un des jours où il était la pire version de lui-même : le visage creusé et fatigué, la peau grise et le crâne chauve.

— Arrête. Cette photo doit faire de la peine. Elle doit émouvoir !

— OK, c'est bon, je suis prêt, dit-il en se redressant sur le tabouret.

— C'est bien là. Baisse un peu les yeux…

Louis prit un air de chien battu, la tête inclinée vers l'épaule, presque bossu :

— Siviouplé, donner moelle osseuse à moi…

— Lou !

Louis se mit à rire.

— Arrête à la fin ! cria-t-elle, la voix étranglée par les sanglots. C'est ta vie qui est en jeu ! Notre vie ! C'est pour nous que nous faisons ça ! Pour donner un avenir à notre famille ! Ce sont ces photos que nos amis, nos collègues devront partager sur les réseaux ! Ce sont ces photos qui devront émouvoir les médias, qui devront leur donner envie de relayer ton appel au secours !

— Excuse-moi, dit-il sans parvenir à arrêter son rire nerveux.

— J'en ai marre d'essayer d'être forte, Lou ! Je me bats pour toi, je me bats pour notre fille, j'ai mal partout, aux jambes, au dos, au bassin ! Je suis épuisée !

— Pardon.

— Je suis en congé pathologique, Lou ! Je devrais me reposer pour ma santé et celle de notre fille ! Mais non, je m'occupe de toi, je me bats pour te sauver, et toi tu fais le con !

Louis s'approcha d'elle mais elle le repoussa.

— Je n'en peux plus !

— Excuse-moi, mon amour.

Il la prit dans ses bras, elle pleurait dans son cou.

— J'en ai marre !

— Je ne te le dis pas assez, mais merci d'être là.

— C'est important, Lou, murmura-t-elle en essuyant ses larmes. J'ai vu des tas d'articles sur des malades qui ont trouvé un donneur grâce à la mobilisation de leur entourage et des médias.

Louis l'embrassa sur les lèvres :

— Je sais, je suis désolé. Je suis prêt maintenant. On va les faire ces photos. Je me mets comment ?

Anna plongea son regard dans le sien. Elle l'aimait tellement. Elle ne voulait pas le perdre. Elle renifla, prit une grande inspiration et répondit :

— Sur le tabouret, face à moi.

— Comme ça ?

— Oui.

Elle leva le téléphone, zooma sur le visage de Louis et prit une rafale de photos en mode portrait.

— Maintenant, tourne la tête vers la gauche.

— Comme ça ?

— Oui, voilà, c'est parfait, ne bouge plus.

La lumière créait des ombres sur son visage, creusant ses joues, accentuant sa pâleur.

— C'est bon ?

— Attends, j'en fais une autre.

Elle s'avança vers lui et s'agenouilla pour le prendre en contre-plongée. Ses traits parurent plus durs, son regard plus sombre.

— C'est bon ?

— Oui. Maintenant on va faire une vidéo.

— Les photos ne suffisent pas ?

— Non. Ça c'était l'image. Il faut le son maintenant. C'est important, mon amour. Tu vas raconter ton histoire. Notre histoire. C'est peut-être notre seule chance d'attirer l'attention sur ta situation.

Louis la dévisagea. Elle était tellement déterminée.

— OK. Je dis quoi ?

— Parle de nous. De notre bonheur. De notre fille qui va bientôt naître, dit-elle en posant sa main sur son ventre. Parle de nos projets, de nos futures balades en bord de mer. Parle de la beauté des Côtes-d'Armor, de leurs couleurs roses et bleues, vertes et jaunes. Parle de ces ciels multicolores qui embrassent la mer. Dis-leur que nous voulons les voir ensemble, tous les trois !

— Tu ne veux pas que je chante aussi ? Peut-être qu'avec ma guitare ça attirera encore plus l'attention ? dit-il en riant et il commença à fredonner la chanson qu'il avait écrite pour Anna, quelques semaines après leur premier baiser.

Une chanson d'amour qu'ils n'avaient jamais jouée avec Oli et Jo, car ils la trouvaient trop fleur bleue, pas assez rock : « Un seul regard dans tes yeux / Sèche mes larmes, soigne mes bleus… »

Et soudain, Anna sentit leur fille bouger dans son ventre. Un coup, puis deux.

— Elle a bougé ! Elle a bougé quand tu as chanté !

Le cœur de Louis s'emballa et il se précipita vers elle.

— Vraiment ?

— Oui ! Vas-y encore !

— « Tu guéris les drames de mon âme… »

— Elle bouge encore ! Elle nous parle ! Mets ta main là ! Tu sens ?

Louis attendit quelques secondes, la regarda déçu, et alors qu'il prononçait « Je ne sens rien », il sentit, un coup, un deuxième, puis un troisième.

— C'est fou ! La sage-femme me l'a dit hier lors du dernier contrôle ! Son ouïe se développe de plus en plus et elle peut maintenant réagir à nos voix !

Ils souriaient, les yeux brillants de bonheur. Ils ne pensaient plus du tout à la maladie. Il n'y avait que leur amour, et leurs mains unies sur le ventre d'Anna.

— Tu sens encore ?

— Oui !

— Elle nous dit qu'il faut garder espoir ! De cette vidéo peut naître le miracle de la vie. Il suffit que dix, vingt, cent, mille personnes la voient. Et il suffit qu'une seule personne soit émue par notre histoire pour qu'elle s'inscrive sur la liste des donneurs.

Louis sentit une chaleur monter en lui, une force vive grandir comme un feu. Les mots d'Anna étaient comme un souffle sur les braises de l'espoir qui menaçaient de s'éteindre : ils l'attisaient, l'implorant de reprendre confiance en leur avenir à trois.

— Et si cette personne n'est pas compatible pour toi, elle le sera pour un autre patient, un autre père de famille, ou une autre mère, et ainsi de suite, et puis un jour, très vite, très bientôt, j'en suis persuadée, on nous appellera pour nous dire que ça y est, il y a quelqu'un pour toi.

37

Bonjour, ma fille chérie,

Comment ça va dans ta vie ? Tu as quelqu'un qui t'aime à tes côtés ?

Si tu es seule, dis-toi juste que ce n'est pas le moment, qu'il faut que tu sois patiente, et que bientôt, le destin mettra ta moitié sur ton chemin.

Tu sais, moi, chaque jour qui passe me fait comprendre la chance que j'ai d'avoir rencontré maman. La chance d'avoir croisé son regard. La chance de l'aimer comme je l'aime, et d'être aimé en retour.

J'ai souvent le sentiment que notre histoire était écrite, qu'il fallait que nous nous rencontrions pour que nos âmes se retrouvent.

C'est si rare les histoires d'amour qui durent.

Pourtant, c'était pas gagné entre elle et moi. Elle est si belle, si intelligente, si impressionnante. Et moi, bah, tu vois, j'étais mieux à l'époque, j'avais des cheveux, j'étais en meilleur état, mais bon, je ne suis pas Brad Pitt, je suis normal… Alors pendant des semaines, je n'ai pas osé l'aborder. C'est elle qui a fait le premier pas. Grâce à Rimbaud. Comme quoi il faut toujours lire les grands poètes ! « La poésie est une lettre d'amour adressée au monde » a dit Charlie Chaplin. Eh bien, avec maman, le monde m'a donné la plus belle réponse et preuve d'amour.

J'aimerais que tu trouves un amour comme celui qui nous unit. Je sais qu'il est rare quand je regarde autour de moi. Je vois tous ces couples qui ne s'aiment plus, qui restent ensemble par habitude, pour les enfants, et je me demande ce qui se passerait si jamais l'un d'eux tombait malade comme je le suis.

C'est je crois, j'en suis sûr même, le meilleur révélateur de l'amour. Si ta moitié tombait gravement malade là, maintenant, est-ce que tu resterais à ses côtés pour la soutenir ? Si toi, tu tombais malade, es-tu certaine qu'elle souffrirait avec toi et ne s'enfuirait pas, rattrapée par son égoïsme ? Pose-toi la question maintenant. Pour ne pas perdre de temps dans une relation fragile et sans avenir.

(Louis s'arrêta.)

Je veux aussi que tu saches que l'amour ce n'est pas un long fleuve tranquille. Il faut se battre pour entretenir la flamme, il faut se battre pour la protéger. Avec maman, on s'engueule parfois. Ça ne nous arrive pas souvent, mais quand ça pète ce n'est pas un crachin breton non, c'est une tempête tropicale. En douze ans, on en a eu des orages. En douze ans, il y en a eu des cris, des portes qui claquent. Des textos pleins de colère. Des larmes aussi.

Je crois que les disputes sont nécessaires de temps en temps. C'est comme une soupape de sécurité, ça fait du bien de crier ! Mais ça ne doit pas durer longtemps, non, parce que ça n'en vaut pas la peine. Si je peux te donner un conseil, c'est de ne jamais laisser les disputes durer avec ceux que tu aimes. Jamais. Il faut parler, même si c'est dur, même s'il faut se faire violence, ravaler sa fierté, et admettre ses torts.

La communication, c'est le meilleur moyen de guérir une blessure. La parole est une libération d'émotions. Il faut se laisser aller, sortir les mots, les phrases, ouvrir les vannes. Il faut exprimer ce que l'on a sur le cœur, ne pas le garder pour soi, parce que sinon ça nous bouffe de l'intérieur.

Avec maman, nous nous sommes toujours réconciliés. Nous avons toujours trouvé les mots pour nous remettre ensemble. Pour nous excuser. Demander pardon est une bonne chose. Bien sûr, il vaudrait mieux ne jamais agir pour se mettre en position de demander pardon ensuite, mais quand ça arrive, il faut ranger son ego de côté et penser à deux, penser au nous, penser au bien commun, à toutes les belles choses que l'on a vécues et que l'on vivra encore ensemble.

(Louis repensa à leurs retrouvailles après ces orages. À chaque fois, ils se réconciliaient en faisant l'amour, comme si l'intensité de la dispute ne pouvait se résoudre que physiquement. Puis, ils riaient devant la futilité de la raison de leur colère, et l'oubliaient aussitôt.)

Tu verras aussi que la société est de plus en plus individualiste. Les gens se séparent au moindre problème. Sur les réseaux sociaux, ils voient des couples parfaits au bonheur parfait et pensent que c'est la réalité. Alors ils veulent la même chose et partent en se disant qu'il y a forcément mieux ailleurs. Moi je pense qu'au contraire, avant de jeter une relation, il faut essayer de la réparer. Toujours.

Est-ce qu'une colère ou un problème passager mérite d'effacer tout ce qui a été construit ? Je ne crois pas. Mamie Flo a une expression que j'adore : « On ne rase pas le jardin parce qu'une rose est fanée. »

Eh bien, une relation, c'est la même chose ! C'est un immense jardin, avec ses saisons, ses hivers et ses printemps, ses bonnes et mauvaises récoltes. Le jardin, si on s'en occupe tous les jours en lui apportant l'eau et le soin dont il a besoin, donnera des fleurs magnifiques, des arbres grands et forts, des fruits juteux et sucrés, des légumes pleins de saveurs. Mais si on ne s'en occupe pas, si on ne lui donne pas d'eau, si on le laisse à l'abandon, alors les fleurs mourront, et les fruits et les légumes ne pousseront plus.

C'est valable pour toutes les relations humaines. Elles ont besoin d'attention, d'amour et de tendresse.

Alors j'espère que celui que tu choisiras sera un bon jardinier. Qu'il t'aimera pour ce que tu es et non ce qu'il aimerait que tu sois. Qu'il t'accompagnera sur le chemin de la vie, dans les moments de peine et les moments de joie. Qu'il les partagera avec autant d'amour, autant de dévouement que tu le mérites.

Je t'aime, ma fille.

38

L'appartement était plongé dans le noir malgré l'heure avancée du jour. Anna et Louis dormaient encore blottis l'un contre l'autre. Dehors, on entendait l'activité de la ville, les voitures qui klaxonnaient, les vélos qui tintaient, les gens qui parlaient fort sur la terrasse du PMU d'en face, profitant du soleil brillant de ce mois de juin.

La sonnette de la porte d'entrée retentit avec insistance. Louis sursauta.

— Mais quelle heure est-il ?

Il tendit le bras, tâtonna sur la table basse à la recherche de son portable.

— Dix heures et demie ! Qui vient nous faire chier un samedi matin ?

La sonnette continuait son tintamarre, on aurait dit que le visiteur prenait un malin plaisir à leur taper sur les nerfs.

— Non, mais t'entends ça ! C'est qui ce con ? Oui ! J'arrive ! cria-t-il.

Louis se leva en grognant, enfila un short et un T-shirt, bien décidé à éconduire l'importun sous un tombereau d'insultes. Aussi, quelle ne fut pas sa surprise de découvrir Oli et Jo hilares, les bras chargés de viennoiseries.

— Mais qu'est-ce que vous foutez là ?

— Ah bah, merci ! Quel accueil ! dirent-ils en entrant et en lui faisant la bise.

— Non mais sérieux, depuis quand vous débarquez le samedi matin chez les gens ! Vous sortez de soirée, ou quoi ?

— On vient prendre le petit-déj' avec vous, on s'est dit que vous auriez faim ! rigola Oli en déposant les trois sacs sur la table du salon.

Anna, qui les avait rejoints, ouvrit un paquet et compta mentalement :

— Mais il y en a pour combien là ?

— Quatre pains au chocolat, quatre croissants au beurre, quatre pains aux raisins, quatre chaussons aux pommes et vingt chouquettes ! annonça Jo en se laissant tomber sur le canapé.

— Mais on attend du monde encore ?

— Non, on est juste tous les quatre, et ça devrait à peine suffire à me remplir l'estomac ! dit Oli en frappant son gros ventre.

Louis les dévisagea longuement. Ils portaient chacun un large bonnet en coton noir et gris.

— L'hiver est revenu, ou c'est pour faire comme moi ?

— C'est la mode chez les djeun's ! rigola Jo.

Il échangea un regard avec Oli et en même temps, ils ôtèrent leurs coiffes d'un mouvement vif, dévoilant deux crânes parfaitement lisses :

— Tadam !

Louis les regarda tour à tour, stupéfait :

— Mais qu'est-ce que vous avez fait !

— On voulait te dire qu'on est avec toi, mon pote ! Solidaires !

Louis se tourna vers Anna qui riait :

— C'était ça, tes textos et ton fou rire d'hier soir ?

— Oui, j'ai eu droit au rasage en direct !

— Mais je veux voir ça !

— On va te montrer la vidéo, mais avant on a encore autre chose pour toi !

Jo et Oli sourirent, puis relevèrent soudain les manches de leurs T-shirts, découvrant un pansement sur la veine médiane de leurs coudes.

— On est allés faire un prélèvement hier. Ça y est, on est officiellement inscrits sur la liste des donneurs !

— T'imagines si l'un de nous deux est compatible avec toi ?

— On va la gagner ensemble, cette bataille !

Louis se leva pour les embrasser. Il était submergé d'émotions, les larmes se mêlaient aux rires.

— Merci d'être là, les mecs, merci !

— C'est rien de donner un peu de sang pour sauver une vie !

Jo l'embrassa sur le crâne et se tourna vers Anna :

— On fait une photo ?

— Allez ! Trois magnifiques boules de bowling ! s'exclama-t-elle en allumant son téléphone.

Louis n'avait peut-être pas eu de père, mais la vie lui avait donné bien plus : deux autres frères.

39

Bonjour, ma fille,

Aujourd'hui, je vais te parler d'amitié. Tu as beaucoup d'amis à l'école, toi ? Tu sais, les amitiés pour la vie se construisent souvent pendant l'enfance, au collège ou au lycée, car après, on s'est endurci, on a vieilli et chacun vit sa vie de son côté.

Alors certes, on se fait des copains, des potes, mais moi je te parle de la vraie amitié, celle qui ressemble à une fraternité, ou une sororité choisie. L'amitié rare, qui connecte les âmes et les cœurs.

Les amis se reconnaissent, tu sais. Moi, par exemple, j'ai su dès le premier regard, dès les premières paroles qu'Oli et Jo seraient mes amis pour la vie. Et nous étions en CP. En CP ! Il y a vingt-quatre ans, je ne sais pas si tu te rends compte ! L'amitié c'est comme un coup de foudre, c'est une évidence.

Avec Oli et Jo on a fait les quatre cents coups. Et quelques bêtises ! Tu en fais des bêtises toi aussi ? Quand on rentrait de l'école, on sonnait aux interphones des immeubles, et quand on nous répondait on disait que c'était le facteur et on partait en courant et en éclatant de rire. Je me rappelle qu'une fois un concierge était sorti en criant: « C'est vous qui sonnez comme ça ? » Il était énorme avec une grosse voix, on avait eu peur et on avait nié, mais quand il avait menacé d'appeler la police, Jo s'était mis à pleurer et avait avoué en le suppliant de ne rien dire...

On jetait aussi des ballons pleins d'eau depuis la fenêtre de l'appartement d'Oli. Il habitait au sixième étage, ça tombait sur des passants ou des voitures, et ça nous faisait rire jusqu'à ce que ses parents reçoivent la visite d'un voisin qui s'était pris une bombe à eau dans sa décapotable ! Oli avait pris un de ces savons !

Je me souviens aussi d'une fois où on jouait au foot dans le jardin de Jo. Jo avait envoyé le ballon à travers la fenêtre d'une petite mamie qui habitait en face. Il avait atterri dans le gâteau à la chantilly qu'elle s'apprêtait à déguster. Ça nous avait fait de la peine parce qu'elle était gentille et qu'elle nous donnait des bonbons parfois, alors on était allés à la boulangerie pour lui en acheter un autre.

On allait aussi dans le jardin de son voisin quand il était absent pour cueillir des cerises et les manger au goûter. La mère de Jo nous avait surpris un jour, et elle nous avait obligés à aller nous excuser et à lui en acheter un kilo. « On ne prend pas ce qui ne nous appartient pas », nous avait-elle engueulés. Mais le voisin avait été compréhensif. Il avait dit que ce n'était pas grave, que l'important c'était de demander pardon, et il nous avait laissé les cerises.

Alors tu vois, c'est normal de faire des bêtises, tous les enfants en font. Maman te gronde peut-être de temps en temps, le maître ou la maîtresse aussi, mais c'est pour ton bien, pour que tu apprennes de tes erreurs et que tu comprennes que le principal c'est que tu ne les refasses plus.

Louis s'arrêta devant le mur aux souvenirs, ce pan entier du salon recouvert de photos, polaroïds et tirages papier. Les clichés remontaient aux douze dernières années de leur vie. Il y avait des photos d'Anna et Louis, de leurs familles, de leurs amis, et notamment des vestiges des week-ends entre mâles, ces parenthèses viriles qu'Anna lui accordait de temps en temps avec Jo et Oli. Ils se prenaient par les épaules, s'embrassaient, se tiraient les cheveux comme des gamins qui chahutaient. Il y avait des souvenirs de vacances en Grèce. Jo faisant le con debout sur un scooter, juste avant de rater un virage et de se casser la clavicule. Un concert mémorable sur une plage espagnole, devant des fêtards de tous les pays. Des selfies à Munich avec des pintes d'un litre lors de la fête de la bière. Des rêves et des vœux plein la tête devant la fontaine de Trevi, des grimaces hilares devant le Manneken Pis, en blouson de cuir de rockeurs devant Big Ben leurs guitares sur l'épaule… Il avait tant de souvenirs avec eux qu'il ne savait pas par quoi commencer.

Louis reprit la vidéo :

Sache que les vrais amis, il n'y en a pas beaucoup. Ils se comptent sur les doigts des deux mains et bien souvent sur une seule. Car il ne faut pas confondre les amis, et les copains et copines. Tu auras des moments d'amitié avec les copains, des éclats de rire, des vacances peut-être aussi, mais seuls les vrais amis seront là pour partager tes peines et traverser les épreuves avec toi.

Victor Hugo a écrit : « Les amis sont des anges silencieux, qui nous remettent sur nos pieds quand nos ailes ne savent plus comment voler. » Eh bien, Oli et Jo sont mes anges à moi. Ils viennent de s'inscrire sur les listes de donneurs pour essayer de me sauver la vie. C'est un acte si fort, ça veut dire tellement pour moi. Je les considère comme des frères. Je te souhaite de trouver des amis comme eux, toi aussi. Et je veux que tu sois là pour eux, quand ils en auront besoin. Sache que je serai très fier de toi à ce moment-là.

Je t'aime, ma fille.

40

Florence était assise dans le vieux fauteuil molletonné du salon. Elle avait vieilli d'au moins dix ans et ressemblait de plus en plus à la photographie de mamie Katell qui trônait dans la chambre au-dessus de l'armoire normande centenaire.

Depuis le couloir, Louis observait son visage crispé de douleur. Devant lui, sa mère se montrait forte et confiante. Elle souriait, lui disait que tout allait bien se passer, qu'ils allaient trouver un donneur, que la greffe allait prendre et qu'il allait vivre, et voir sa fille grandir. Mais dès qu'elle était seule, elle s'effondrait, vaincue par la maladie et les probabilités ridicules de survie. « Une chance sur un million de trouver un donneur compatible » se répétait-elle, malgré elle.

Qu'y a-t-il de pire pour une mère que perdre son enfant ? Rien, sans doute.

Dans ces moments de désespoir terrible, Florence repensait aux disputes qui les avaient opposés pendant l'adolescence de Louis, à l'époque où il voulait en savoir plus sur son père et comprendre les raisons de son départ. Il se montrait dur et insistant, et ses paroles se faisaient cruelles lorsque le soupçon s'emparait de ses questions.

Était-ce à cause d'elle, sa propre mère, que son père les avait abandonnés ? L'avait-elle fait fuir avec « son caractère de merde », c'étaient les mots impitoyables qu'il avait employés ? Était-ce à cause d'elle que Jean et lui avaient grandi avec cette absence omniprésente ?

« Tu es le portrait craché de ton père ! La même tête ! Les mêmes gestes ! Les mêmes cris ! » s'était-elle emportée un jour. Il ne restait plus la moindre tendresse, le moindre amour entre eux dans ces moments-là. Juste la violence d'un abandon incompris, d'un fantôme charriant autant l'amour que la haine : « Je te déteste ! Je comprends mieux pourquoi il s'est barré ! J'aurais fait la même chose ! »

La gifle était partie instinctivement. Elle avait claqué avec un bruit sec sur sa joue et aussitôt Florence avait regretté son geste « Je suis désolée ! Je t'aime ! »

Elle espérait que Louis l'avait oubliée cette gifle, c'était il y a si longtemps. Alors pourquoi y repensait-elle à cet instant ?

— Le thé arrive ! annonça Louis en faisant du bruit avec les tasses pour lui donner le temps de se reprendre et de sécher les larmes au coin de ses yeux.

Elle resta silencieuse un moment à souffler sur le thé fumant, but une gorgée, puis elle demanda :

— Comment va Anna ? Pas trop fatiguée ?

— Un peu oui, mais ça va, elle profite du congé mat' pour se reposer.

— C'est bien. Il faut qu'elle prenne soin d'elle.

— Oui. Et elle s'occupe bien de moi. Heureusement qu'elle est là.

Florence hocha la tête. Elle considérait Anna comme sa fille. Dès leur première rencontre, elle avait su qu'elle aimerait Louis quoi qu'il arrive, qu'elle serait toujours présente pour lui, dans le bonheur comme dans le malheur.

— Ah, et elle a repris son roman, *Toi et Moi*. Tu t'en souviens ?

— Bien sûr. J'avais beaucoup aimé cette histoire.

Florence sourit au souvenir de cette romance passionnée entre deux jeunes artistes écorchés vifs. Les deux héros ressemblaient un peu à Anna et Louis et elle s'était toujours demandé quelle part de vérité Anna y avait mis.

Florence but une gorgée. Elle avait envie d'éclater en sanglots, mais il fallait qu'elle se retienne. Gêné par ce silence pesant, Louis se leva et ouvrit l'armoire, la porte du bas, là où elle cachait tous ses trésors sucrés : madeleines pur beurre, galettes bretonnes, chocolats…

— Tu veux une madeleine ?

— Oui, je veux bien, merci.

Il lui tendit la boîte et s'assit en face d'elle, sur le vieux rocking-chair qu'il aimait tant. « Il sera pour toi quand je ne serai plus là », lui disait-elle souvent.

Cette pensée le fit sourire. C'était Jean qui allait le récupérer finalement.

— Et toi maman, comment vas-tu ?

Elle ne répondit pas tout de suite. Elle croqua la madeleine et mâcha lentement, comme pour se donner le temps de réfléchir à une réponse.

— Comme une mère qui ne peut rien faire pour sauver son fils. Ce n'est pas le sens de la vie. C'est moi qui devrais être malade.

— Ne dis pas ça.

— J'ai soixante-deux ans. Je suis à la retraite, ma vie est derrière moi. Alors que toi. Tu vas avoir une fille… Tu as encore tant de choses à faire !

Louis se leva pour la prendre dans ses bras.

— Ça me fait du bien de te voir. Ça me fait du bien de savoir que tu es là. Pour moi. Pour Anna. Pour notre fille.

— Bien sûr que je suis là… Mais la vie est injuste. Je pensais que tu fonderais ta propre famille, que je deviendrais grand-mère, que je m'occuperais de mes petits-enfants, le soir, le week-end, pour les vacances. Ils m'appelleraient mamie, aimeraient venir me voir pour mes gâteaux, mes crêpes, pour mes cadeaux. Je vous imaginais même Anna et toi me reprocher mes largesses, me demander de moins les pourrir-gâter, et j'en souriais d'avance… Mais non, on me donne une adorable petite-fille et on m'enlève mon fils aîné…

Louis la serra plus fort et déposa un baiser sur son front :

— Je ne suis pas encore parti, maman. Alors profitons des moments où nous sommes encore ensemble.

41

Bonjour, ma fille,

Est-ce que tu vois souvent mamie Flo ? J'aimerais que tu passes du temps avec elle, que tu prennes soin d'elle. Elle n'a pas eu une vie facile, tu sais. Nous élever seule comme ça, c'était dur.

Elle te proposera certainement de cuisiner avec elle, de faire des crêpes, des kouign-amanns, des tartes aux pommes... Moi je les adore ses desserts, ce sont les meilleurs du monde.

Elle te fera découvrir l'antre des livres aussi, ce lieu magique où j'ai passé tant d'heures à lire et voyager. Aimeras-tu leurs couvertures multicolores ? Joueras-tu à en prendre un au hasard, pour deviner l'auteur et le roman, en lisant juste une page, comme je le fais depuis que je suis enfant ?

Mamie t'aimera très fort. Elle t'aimera plus qu'elle ne s'aime elle-même, je le sais. Elle t'étouffera peut-être un peu, moi elle m'étouffait parfois, elle était trop protectrice, trop présente, elle avait toujours peur qu'il m'arrive quelque chose. Tu sais qu'elle continue de me dire de faire attention quand je traverse la rue? À trente ans, tu imagines la honte quand elle crie « Attention Loulou, le feu est rouge! » devant tout le monde! Mais c'est pour notre bien. Et ce sera pour le tien. Alors si elle t'agace un peu, ce qui arrivera inévitablement, pense à moi, pense à sa douleur et tu verras, tout ira mieux.

Quand mamie Flo est venue me voir à l'hôpital, je lui ai dit merci. Merci pour tout ce qu'elle avait fait pour moi et Jean. Pour tous ses sacrifices. Parce que si elle est restée célibataire, c'est à cause de nous. Elle a dû nous élever seule, se lever la nuit pour s'occuper de nous, se lever le matin pour nous amener à l'école, aller travailler et rentrer le soir pour nous aider à faire nos devoirs, pour nous faire à manger et nous coucher. Elle n'avait pas le temps pour rencontrer un homme, elle était trop fatiguée pour se laisser séduire. Et si elle a parfois été tentée, si elle a parfois succombé, elle n'a jamais osé aller plus loin pour nous protéger, ou par peur de notre réaction, je ne sais pas.

Quand j'y repense, on lui en a fait voir de toutes les couleurs à l'adolescence avec Jean. On a fait notre crise comme tu feras sans doute la tienne. On se rebellait, on abusait, on poussait le bouchon trop loin et avec le recul, je sais qu'elle en a souffert. Elle faisait tout pour nous et nous ne nous en apercevions même pas.

Tu sais, beaucoup de mères n'auraient pas tenu, beaucoup de mères auraient baissé les bras, perdu patience et courage. Mais pas mamie Flo. Alors va la voir souvent. Elle le mérite.

Il faudra aussi que tu passes du temps avec mamie Dominique et papy François. Eux aussi t'aimeront fort. Eux aussi voudront t'avoir chez eux à déjeuner ou à dîner, eux aussi voudront partir avec toi en vacances à la plage.

Tu sais, nos aînés, nos grands-parents sont importants. Ils sont notre histoire, notre mémoire. Il faut les chérir et les aimer tant qu'ils sont là.

Tu verras, les personnes âgées aiment parler du passé, car leurs souvenirs sont beaucoup plus intéressants que leur présent. Mamie Flo te parlera sûrement de Jean et moi. Papy François, lui, adore parler d'histoire, de politique… Il se souvient de tout en détail, alors si jamais tu t'ennuies et ne sais pas quoi faire, pose-lui une question : il te répondra pendant des heures.

Blague à part, prends des notes, écris leurs souvenirs, interroge-les sur leur jeunesse : leur passé éclairera ton présent.

Moi, par exemple, je repense souvent à mon grand-père, Erwan. Je suis certain que tu l'aurais adoré, tout le monde l'adorait papy Erwan. Mais tu ne le connaîtras qu'à travers des photos cornées, des films un peu neigeux et mal cadrés… Il est mort quand j'ai eu dix-huit ans. Deux jours après mon anniversaire et mon entrée dans l'âge adulte. Comme s'il avait attendu que je sois un homme pour me laisser la place de patriarche de la famille, de chef de clan, celle que mon père n'a jamais occupée.

Tu sais, je regrette beaucoup de ne pas l'avoir davantage connu. Je ne le voyais que pendant les grandes vacances, quand nous passions l'été à Paimpol. Quand je repense à ces étés à ses côtés, je regrette de ne pas lui avoir posé toutes les questions qui me sont venues en grandissant. Quels étaient ses rêves quand il était enfant ? Qui étaient ses amis ? Quelles étaient ses plus grandes joies ? Ses plus grands regrets ? Comment étaient ses voyages en voilier ?

*Il a fallu qu'il meure pour que je commence à m'intéresser à l'histoire de ma famille. Qui étaient mes ancêtres ? D'où ils venaient ? Qu'avaient-ils fait ? À l'école, on apprend les dynasties royales, les biographies des grands héros français, mais on ne sait même pas d'où l'on vient. À quoi ça sert de connaître les Capétiens, quand on ne connaît pas la vie de son grand-père ou de son arrière-grand-mère ? Alors j'ai fait des recherches généalogiques. C'était facile, la famille de mamie Flo n'a pas bougé de Bretagne, et je suis remonté jusqu'au XVII*e *siècle. Jean te montrera l'arbre quand tu voudras. Tu y retrouveras notre histoire. Ton histoire. Tu es la fille de Louis Le Gall, fils de Florence Le Gall, fille d'Erwan Le Gall et Katell Le Bris. Tu verras les visages de tes ancêtres sur les murs. C'est important de conserver les photos de nos aînés, de garder en mémoire leurs prénoms, Loïc, Katell, Erwan, Malo, Armelle, Yann… Je veux que tu gardes la flamme de notre famille. Il faudra* *l'entretenir et la passer à tes enfants, qui eux-mêmes la passeront aux leurs.*

Je t'aime, ma fille.

42

Anna était penchée sur l'ordinateur, son téléphone posé à côté d'elle. Ses yeux allaient d'un écran à l'autre, avec une impatience mue par la rage de sauver son mari.

— Cent quinze partages sur Facebook, deux cent six likes sur Instagram !

Assis sur le canapé face à elle, Louis envoyait des messages personnels à ses quatre cent douze amis Facebook. Il les contactait un par un, et se rendait compte qu'il n'avait jamais parlé à certains. Il y avait juste la date de leur *amitié* : « Amis depuis février 2017 », « Amis depuis octobre 2014 ». C'étaient des amis d'amis rencontrés en soirée, des anonymes croisés en vacances, des gens qu'il connaissait de loin, qui partageaient certaines connexions, certains goûts musicaux et qui l'avaient ajouté pour agrandir leur cercle.

Louis personnalisait son message, prenait de leurs nouvelles puis copiait-collait le texte expliquant sa situation, et leur demandait s'ils pouvaient partager sa publication pour l'aider à trouver un donneur. C'était une question de vie ou de mort, un like, un partage ce n'était rien pour eux, mais vital pour lui.

Bonjour Stéphane, j'espère que tu vas bien. Tu te souviens de moi ? On s'est rencontrés à une soirée chez Capucine et Fred. Je t'écris car je suis malade. J'ai une leucémie myéloïde aiguë. J'ai besoin d'une greffe de moelle osseuse le plus vite possible. Ma femme Anna est enceinte et si je ne trouve pas de donneur compatible, je vais mourir avant la naissance de notre fille. Peux-tu partager cette vidéo ? Elle donnera peut-être envie à l'un de tes contacts de devenir donneur et peut-être me sauver, ou sauver un autre malade lui aussi dans l'attente d'une greffe. Merci du fond du cœur. Louis.

Qu'allaient-ils penser ces presque inconnus à qui il n'avait pas parlé depuis des mois, depuis un anniversaire fêté machinalement parce que Facebook le lui avait rappelé ? « Bon anniversaire, profite bien. » Une phrase laconique, impersonnelle, sans émotion aucune à laquelle ils avaient répondu d'un pouce levé, d'un cœur ou d'un merci tout aussi lapidaire. Et des mois après cet échange insipide, Louis avait l'impression de mendier l'amitié pour sauver sa vie. Comment aurait-il réagi, lui, si ce Stéphane Morizet l'avait contacté pour lui demander une chose pareille ? Ils avaient sympathisé autour d'un verre, ils s'étaient dit que ce serait cool de s'ajouter sur Facebook pour poursuivre leur conversation. C'était il y a plus d'un an, et ils n'avaient pas échangé une seule phrase depuis.

Aurait-il partagé ? Sans doute. Se serait-il inscrit sur les listes pour sauver une vie ? Sans doute pas.

Entre deux envois, Louis s'arrêtait, le regard dans le vague. Il était partagé entre l'excitation de cette opération de communication, la hâte qu'elle donne des résultats, vite, très vite, et la gêne, voire la honte d'étaler son intimité ainsi aux yeux du monde. Lui qui était si pudique, jetait sa détresse en pâture aux voyeurs des réseaux sociaux. Mais, il n'avait pas le choix. C'était la seule solution, sa dernière chance.

— Capu a partagé. Ghassan aussi ! s'écria Anna. Déjà cent trente-trois partages ! Cent trente-quatre, cent…

C'est à ce moment-là qu'elle s'aperçut de son malaise.

— Qu'est-ce qu'il y a mon amour ?

— Rien. Je suis juste fatigué, dit-il en se pinçant l'arête du nez, les yeux fermés.

— Tu as pris tes médicaments ?

— Oui.

— Tu veux que je te prépare un thé ? Qu'on regarde un film ? Une comédie ? Ça fait longtemps.

Louis sourit. C'est vrai que ça faisait une éternité. Il avait besoin de retrouver les gags, les répliques cultes et les rires rassurants des films de sa jeunesse, ceux qu'il regardait avec sa mère, avec papy Erwan et mamie Katell. Bourvil, de Funès, Les Inconnus, Les Nuls, Clavier, Jugnot, Dany Boon…

Anna le rejoignit sur le canapé et l'embrassa doucement dans le cou puis sur les joues, avant de se blottir contre lui. Qu'est-ce qu'il aimait ces moments de tendresse, qu'est-ce qu'ils lui faisaient du bien ! Il avait lu un jour qu'il fallait sept minutes de câlins quotidiens pour être heureux. Avec Anna c'était bien plus, c'était une overdose de bonheur.

— Merci d'être là, dit-il en lui caressant les cheveux.

— Et où veux-tu que je sois, si ce n'est aux côtés de l'homme que j'aime ?

Ils sourirent. Et ce soir-là, ils ne regardèrent pas de film. Non, ils firent l'amour. Pour s'aimer et ne plus penser au pire.

43

Ils partirent en Bretagne sur un coup de tête de Louis. Il ne supportait plus d'attendre qu'un donneur se manifeste quelque part dans le monde. « J'en ai marre d'espérer à chaque fois que le téléphone sonne. J'ai l'impression de devenir fou ici. Je me sens enfermé, à l'étroit dans cet appart, je suis en train de le détester. Je veux revoir la mer ! Je veux respirer le grand air ! Je veux me balader dans les terres encore une fois. Et toi, tu pourras écrire là-bas ! Je suis sûr que c'est mieux pour l'inspiration d'être face à la mer que devant ces barres d'immeubles ! »

Il balaya les craintes d'Anna d'un revers de la main : « Qu'on soit ici ou à Paimpol, ça change quoi ? Rien ! On ne part que quelques jours. En cas d'urgence, il y a des hôpitaux, des spécialistes en Bretagne ! Ils sont aussi bons qu'à Paris ! »

Ils passèrent cette belle journée de fin juin à la plage du Palus, une petite bande de sable et de galets entourée de falaises, que Louis et sa famille fréquentaient lorsqu'il était enfant. En arrivant, Louis alla saluer les propriétaires du restaurant Chez Josette où il avait ses habitudes et notamment Vincent, le cuisinier, avec qui il s'était lié d'amitié. Ils firent comme si de rien n'était en le voyant entrer amaigri et chauve, et accueillirent avec joie l'annonce de l'arrivée prochaine de leur fille :

— Une future Bretonne alors ?

— Peut-être !

— Allez ne soyez pas sadiques, exfiltrez-la de Paris et venez habiter ici ! Elle sera bien mieux pour grandir !

Sous un grand soleil, ils mangèrent des galettes en terrasse, une complète pour Anna, une bretonne pour Louis avec de l'andouille de Guémené, puis en dessert la fameuse crêpe spéciale de Vincent, avec son impressionnante dentelle de caramel, haute de vingt centimètres.

Louis et Anna s'installèrent ensuite au bout de la plage, au niveau des rochers, sous la falaise. Un casque vissé sur les oreilles pour s'isoler du bruit des enfants qui criaient autour d'eux, Anna écrivait des idées, des phrases, des bouts de chapitres sur son carnet.

Louis observait les gens qui les entouraient : un couple de sexagénaires qui lisaient assis côte à côte sur des chaises de camping, et qui n'avaient pas échangé le moindre mot depuis bientôt une heure. S'aimaient-ils encore après toutes ces années ?

Avaient-ils encore des choses à partager, des projets communs ? Restaient-ils ensemble par habitude, pour ne pas marcher vers la mort dans la solitude ? Il y avait aussi une famille avec trois enfants qui n'arrêtaient pas de se chamailler, de courir et de crier. La mère se démenait pour demander le calme « Malo, arrête ! Ne jette pas de sable sur les gens ! », « Maëlle ! Ça sert à rien de pleurer, tu n'auras pas de glace ! », sans succès. Le père lui, avait abandonné toute idée d'autorité depuis longtemps, et écoutait de la musique en lisant *L'Équipe*.

Quel genre de famille deviendraient-ils si la leucémie leur laissait le temps de vivre et vieillir ensemble ? se demanda Louis. Son regard se posa ensuite sur un couple et leur fille qui jouaient au bord de l'eau. Le mari et la femme lui tenaient la main et la faisaient voler au-dessus des vagues au plus grand plaisir de l'enfant qui éclatait de rire et poussait des cris de joie dès que ses pieds effleuraient l'eau. Au bout d'un moment, l'homme prit sa fille sur ses épaules et entra dans l'eau lentement, jusqu'au genou, puis jusqu'à la taille, et enfin jusqu'à la poitrine. Les yeux de Louis allaient de la maman qui les filmait, à l'enfant qui levait les bras en riant.

Et si c'était ça être père ? Prendre son enfant sur les épaules pour lui faire voir le monde de plus haut, et lui faire découvrir les splendeurs de la Terre ?

— Je vais me baigner. Tu viens ? demanda Louis.

— Elle est à combien ?

— Vincent m'a dit dix-sept degrés !

— Brrr… C'est pas chaud ! Vas-y, je te rejoindrai peut-être, mais je ne suis vraiment pas sûre d'y aller avec ce froid et mon gros bidou… Et puis, je suis inspirée, dit-elle en montrant la page qu'elle venait de noircir de sa belle écriture enlevée.

— OK. À tout à l'heure.

Cela faisait près d'un an que Louis ne s'était pas baigné. Une éternité. Il faisait la planche et se laissait flotter dans les vaguelettes rondes et douces de la Manche. L'eau était fraîche sur son visage et ses mains, il se sentait bien, comme s'il n'avait jamais été malade.

Et si c'était la mer et l'air des Côtes-d'Armor qu'il lui fallait pour guérir ? Maintenant qu'il était de retour, presque chez lui, maintenant que la vie le quittait peu à peu, dévorée par la maladie, lui revenaient en tête ses envies de déménagement en terre bretonne. Pourquoi s'entêter à vivre en banlieue parisienne, dans de petits espaces claustrophobes quand on peut vivre sur ces belles côtes d'Armor ? Louis fermait les yeux et il s'imaginait dans la maison de ses grands-parents avec Anna et leur fille. Il entendait des éclats de rire, voyait des visages heureux et il apercevait même un autre enfant, un fils, et un labrador qui aboyait dans le jardin.

Louis sentit l'eau bouger autour de lui, et une main passa autour de sa taille. Il sursauta. C'était Anna.

— T'as eu peur ?

— Non !

— Si t'as eu peur ! Peureux ! cria-t-elle en le prenant dans ses bras.

Ils rirent et restèrent quelques instants comme cela, immobiles, dans cette mer sereine. Puis Louis indiqua la bouée jaune.

— On fait la course ?

— Euh, je te rappelle que j'ai un bébé de huit mois dans le ventre !

— Dans l'eau tu ne le sens pas ! Et on est à égalité, je sors d'une chimio, je ne suis pas au top !

Ils sourirent.

— OK, mais pour qu'on soit vraiment à égalité, tu nages en brasse et moi en crawl !

— D'accord ! Le premier arrivé choisit le prénom de notre fille !

— T'es certain que tu veux l'appeler Julia ?

— Haha, ça sera Jade !

Louis gagnait toujours d'habitude, il était plus rapide, plus puissant, même quand il nageait la brasse et elle le crawl. Mais cette fois-ci, Anna le sentit faiblir dès les premiers mètres, comme si un poids invisible le freinait, le poids de la maladie et des chimiothérapies. Pourtant Louis riait, il lui jetait des regards de défi « Attention, je vais te battre ! », mais Anna savait qu'il se forçait. Il refusait de lui montrer ses faiblesses, il voulait la protéger, alors elle lui rendait ses rires, mais sur son visage, les larmes se mêlaient aux vagues.

La bouée n'était plus très loin, et Anna pensa à ce prénom Jade qu'il avait choisi depuis le début. Elle imagina sa vie sans lui, sa vie de veuve avec sa fille. Elle chercha à chasser ces images douloureuses de son esprit, mais elle ne pouvait s'en empêcher, elles s'imposaient à elle de plus en plus cruelles. En l'absence de donneur, Louis allait mourir. Et là, dans cette mer qu'il aimait tant, cette mer qui avait accueilli leur mariage et leur lune de miel, elle comprit que ce prénom serait son cadeau à sa fille, comme sa dernière volonté. Alors Anna ralentit ses derniers mouvements de crawl, feignit de perdre son souffle dans les derniers mètres, et le laissa toucher la bouée le premier.

— Victoire ! Comme je t'ai rattrapée sur le fil ! cria-t-il en levant le poing, haletant, sans se rendre compte de rien.

Il était si heureux quand il la prit dans ses bras qu'Anna sut qu'elle avait pris la bonne décision.

— Ce sera Jade alors ?

— Oui, dit-elle en déposant un baiser sur ses lèvres.

— Tu aimes ? On peut refaire la course jusqu'à la plage si tu veux ?

— Non, Jade Le Gall, c'est très beau.

Elle sourit. Elle sentait son cœur battre vite dans sa poitrine, il était encore très essoufflé. Elle posa sa main sur son ventre et elle eut l'impression que leur fille nageait avec eux.

44

Bonjour, ma fille,

Ça y est, c'est un grand jour ! Pour toi et pour nous. Nous avons choisi ton prénom aujourd'hui. Nous avons longtemps hésité, il y en avait trois en finale. Julia, Léa et Jade. Maman te l'a dit ?

Si ça se trouve, on changera au dernier moment en voyant ton visage. C'est ce qui m'est arrivé. Je devais m'appeler Antoine. Mais en me découvrant à la naissance, ma mère a trouvé que j'avais plutôt une tête de Louis. Je ne sais pas pourquoi, peut-être que dans son esprit les Louis sont des petits êtres violets qui pleurent. Mais je suis content de son choix, entre les deux, j'aurais fait le même.

C'est bizarre quand même de donner un prénom pour la vie à quelqu'un qu'on ne connaît pas. Moi par exemple, j'aime bien Louis, mais si on m'avait laissé le choix, je me serais bien appelé Malo ou Léo, un prénom en O, car j'adore l'eau, la mer…

Je trouve qu'on devrait avoir la possibilité de changer son prénom à dix-huit ans par exemple.

On garderait les autres, bien sûr, pour ne pas vexer les parents, mais on pourrait en ajouter un qui nous ressemble, et nous plaît vraiment.

Et toi entre Léa, Jade et Julia, lequel aurais-tu choisi ?

Je peux te dire que le choix a été difficile. Personne n'était d'accord dans la famille, et chacun a donné son avis usant d'arguments plus ou moins fondés. Mamie Do aurait été vraiment heureuse qu'on t'appelle Constance, comme sa mère. Elle en avait les larmes aux yeux quand on en a parlé. Comment veux-tu argumenter face à une fontaine de pleurs ? Ce n'est pas possible.

Mamie Flo aurait aimé qu'on t'appelle Florence, ou Katell comme sa propre mère. Ça se fait souvent de donner le prénom du grand-père ou de la grand-mère, en hommage, pour ne pas oublier. Mais nous avons choisi d'innover.

Car Jade Le Gall ça sonne vraiment bien. Tu trouves aussi ?

Tu dois déjà le savoir, mais ton prénom vient de la pierre de jade, une belle pierre précieuse de couleur verte, la couleur de l'espoir. En Chine, cette pierre symbolise l'éternité, la vie et le pouvoir. Alors je suis certain que tu seras une femme forte, puissante et intense comme ta mère.

Et sache que l'amour que nous te portons est éternel.

Je t'aime, ma fille.

45

Pour fêter leurs cinq ans de mariage, Anna et Louis virent les choses en grand. C'était peut-être leur dernier anniversaire ensemble, ils ne voulaient pas penser à la maladie et au donneur qui n'arrivait pas. Ils souhaitaient profiter de chaque instant et faire de cet événement un moment magique, hors du temps.

Le soir, ils dînèrent au restaurant étoilé Le Jules Verne qui, depuis le deuxième étage de la tour Eiffel, offrait une spendide vue panoramique sur Paris.

— Merci pour ces cinq merveilleuses années, dit Louis lorsque la Dame de fer s'illumina à vingt-deux heures précises.

— Merci mon amour. Ce n'est que le début, il y en aura encore beaucoup d'autres.

— Je l'espère. En tout cas, quoi qu'il arrive, sache que je suis heureux. Heureux de t'avoir dans ma vie. Heureux d'avoir une fille de toi. C'est le plus beau cadeau que tu pouvais me faire.

Ses yeux brillaient. Louis trouvait Anna si belle dans sa robe blanche. Avec ses cheveux tirés en arrière et ses yeux bleu du ciel, elle était resplendissante.

C'est alors qu'Anna fit signe au maître d'hôtel. Celui-ci hocha la tête, disparut quelques minutes et revint avec un étui à guitare noir.

Les yeux de Louis allèrent de l'objet à Anna et au serveur sans comprendre.

— Mais… Qu'est-ce que c'est ?

— Ton cadeau.

Louis prit l'étui à guitare, et les mains tremblantes d'émotion, l'ouvrit pour découvrir une magnifique guitare en bois vernis, d'une belle couleur marron clair qui tendait vers le miel. Sur la table d'harmonie était peinte une superbe rose rouge, et sur le manche, les quatre lettres JOLA.

— Une guitare en bois de cèdre, pour nos noces de bois.

— Elle est magnifique ! Merci mon amour !

— J'espère qu'elle t'inspirera de belles compositions pour JOLA.

— J'en suis sûr !

Louis joua les premières notes de leur chanson « Un seul regard dans tes yeux… » sous le regard ému des autres clients du restaurant. Ce couple était si touchant dans sa fragilité, si beau dans ses témoignages d'amour malgré la maladie. Anna et Louis auraient voulu que ce moment dure des jours.

Le lendemain, en plein après-midi, Louis demanda à Anna d'arrêter d'écrire, et de préparer son sac pour la nuit.

— Mais je suis en plein chapitre ! protesta-t-elle. J'ai écrit cinq pages depuis tout à l'heure !

— Tu reprendras plus tard ! Allez, viens !

— Mais pour aller où ?

— Tu verras, c'est une surprise !

Ils prirent la route, en direction de l'ouest de la capitale. Louis roula sans donner un seul indice à Anna qui négociait, boudait, riait pour obtenir des informations sans succès. Elle lisait les panneaux, Versailles, Montigny-le-Bretonneux, fronçait les sourcils :

— Mais on va où ?

— Sur la route de l'amour, ma chérie.

Elle éclata de rire.

— Que tu es romantique !

Aux alentours de Rambouillet, Louis s'engagea sur une nouvelle départementale et s'enfonça bientôt dans une forêt dense et feuillue.

— Tu as acheté un château pour nos vieux jours ?

— Presque.

Il bifurqua à droite à un croisement et ralentit sur un chemin forestier avant de s'immobiliser.

— Je crois que nous sommes arrivés.

Anna regarda autour d'eux. Il n'y avait que la forêt, des arbres, des feuilles et des branches, et rien d'autre.

— Arrivés où ?

— Ce sont nos noces de bois, non ? dit-il avec un sourire en coin.

Elle secoua la tête, elle ne comprenait pas.

— Tu veux qu'on dorme ici, dans les bois ? frissonna-t-elle en imaginant déjà les hululements des chouettes, et les bruits inquiétants de la nuit qui l'empêcheraient de dormir.

— Oui.

Elle jeta un nouveau coup d'œil circulaire et fit la grimace.

— Ici ! Mais il n'y a rien !

Il se mit à rire :

— Tu devrais voir ta tête ! Moi qui croyais que tu étais une femme simple qui aimait la nature !

— Mais je suis une femme simple ! Sauf que je n'ai aucune envie de dormir dans une forêt cette nuit !

Elle lui tapa l'épaule.

— Arrête ! Alors ?

— Regarde au-dessus de nous.

Anna se pencha par-dessus le tableau de bord et leva les yeux vers le sommet des arbres. C'est là qu'elle vit la cabane posée à cheval sur deux énormes chênes. Un large sourire surpris illumina son visage.

— On va dormir là-haut !

— Oui ! Bon anniversaire, mon amour !

Anna était étendue sur le lit, les yeux fixés sur le plafond de verre et le ciel constellé d'étoiles qui serait leur couverture pour la nuit. Louis avait la tête posée sur son ventre, ils se tenaient la main en silence.

— Tu sais que si tu ne m'avais pas demandé ma main ce jour-là, je l'aurais fait le soir même ? dit-elle au bout d'un moment, en passant son pouce sur son alliance.

— Vraiment ?

Louis se redressa sur un coude et plongea ses yeux bruns dans les siens. Elle adorait la douceur de son regard, les sourires qu'elle pouvait y lire.

— Oui. Cela faisait longtemps que j'attendais. Et je pensais que ce voyage à Bali, ces plages paradisiaques étaient l'endroit rêvé pour une demande. Et je me disais mais qu'est-ce qu'il attend !

— Et moi je me demandais : quelles sont les chances qu'elle me dise non ?

Ils rirent.

— Si tu avais encore attendu, j'aurais pris les devants ! Je ne vois pas pourquoi cette demande est réservée aux hommes. Moi aussi, je t'aime. Moi aussi, je veux te le prouver, le crier au monde entier. Moi aussi, je veux un enfant de toi !

Ils sourirent et s'embrassèrent tendrement.

— Et tu me l'aurais demandé comment ?

— Comme un homme ! Je me serais mise à genoux et j'aurais dit : « Louis Le Gall, je t'aime et je veux passer le reste de ma vie avec toi. Veux-tu m'épouser ? »

Ils se mirent à rire.

— Tu sais que j'ai hésité plein de fois avant de te le demander. Mais à chaque fois, il y avait quelque chose qui n'allait pas.

— Ah bon ? Comme quoi ?

— Juste avant que l'on parte à Bali, je pensais faire ma demande pendant nos vacances en Bretagne, au gouffre de Plougrescant. Il me semblait important que le lieu ait une signification pour moi, pour nous, un lieu où nous pourrions retourner en pèlerinage facilement pour nous rappeler ce moment.

— Et pourquoi tu ne l'as pas faite ?

— Je m'en souviens encore. Tu ne voulais pas y aller, il pleuvait, le vent hurlait dans les rochers, c'était une véritable tempête. On avait vraiment le sentiment d'une lutte terrible entre la terre, la mer et le ciel. Et là, dans ces rochers de granit rose d'habitude sublimes, là dans ces falaises devenues lugubres et effrayantes, j'ai hésité à demander ta main. Je me rappelle la pluie qui giflait nos visages, on était rouges tellement il y avait de vent !

— Oui, je me souviens ! J'ai été malade pendant trois jours après ça !

Ils éclatèrent de rire.

— T'as bien fait d'attendre le soleil de Bali. Avec tout ce vent, la bague se serait peut-être envolée !

Anna se pencha pour l'embrasser.

— Joyeuses noces de bois, mon amour !

46

Bonjour, ma fille,

Est-ce que notre mur de photos existe encore à l'heure où tu regardes cette vidéo ? Si oui, y ajoutes-tu les tiennes, avec maman, mamies Flo et Do ou tes amis ?

S'il y a une photo que j'aimerais que tu gardes avec toi ou chez toi, c'est notre photo de mariage, dans les eaux bleues teintées d'émeraude des Sables-d'Or-les-Pins, l'une des plus belles plages des Côtes-d'Armor. Maman rit aux éclats dans sa robe blanche toute simple, avec sa couronne d'hortensias blancs et bleus, et moi, agenouillé dans l'eau chaude de l'été, la mer jusqu'à la taille, je lui passe sa bague sertie de diamants.

J'ai failli la faire tomber dix fois cette bague, il y avait des vagues, j'ai même bu la tasse à un moment. Qu'est-ce qu'on a ri !

Nous nous sommes mariés à la mairie de Paimpol, et nous avons fêté notre mariage avec nos familles et nos amis sur un voilier entre l'île de Bréhat et Erquy.

Il y avait mamie Flo, Jean, papy François et mamie Do, Capucine et son mari Fred, Jo et sa femme Sarah, et Oli. C'était simple, c'était bien, on naviguait, on se baladait, on pêchait, on nageait, on riait, on buvait ; ça nous ressemblait.

Nous ne nous sommes pas mariés à l'église, je ne suis pas baptisé, ma mère voulait que j'aie le choix, que je décide de ma religion, de ma foi, en mon âme et conscience, et non par tradition familiale. Et ce qui m'arrive me conforte dans l'idée qu'il ne peut pas y avoir de Dieu. Un Dieu qui n'est qu'amour, ne peut pas détruire ainsi l'amour qui nous lie maman et moi, et que nous te portons déjà.

Quand je vois ces images, quand je regarde ces vidéos pleines de joie, de bonheur… J'aimerais tellement être là pour ton mariage, j'aimerais tellement te tenir la main fièrement et t'embrasser comme papy François a embrassé maman à la mairie.

(Louis réfléchit.)

Comment sera-t-il ton mari ? Quelle tête aura-t-il ? L'aimeras-tu sportif, créatif, sensible ? Partagera-t-il tes goûts et tes passions ? Sera-t-il très différent de toi, pour t'apporter tout ce que tu n'as pas ? Ou vous ressemblerez-vous comme deux âmes sœurs ?

Je voudrais tellement être là pour le rencontrer, lui poser mille questions pour m'assurer que c'est la bonne personne pour toi. Par exemple, je te déconseille de sortir avec un homme qui n'aime pas la musique ou la poésie. Un homme que la musicalité des mots et la poésie des notes ne touchent pas manque de cœur. Il n'est pas à l'écoute du monde, il ne prête pas attention à ses beautés. Fuis également celui qui ne veut pas voyager. Son horizon est trop étriqué, son cœur trop fermé pour s'ouvrir à d'autres cultures, d'autres couleurs, d'autres parfums… Fuis aussi celui qui ne pense qu'au matériel, qu'aux richesses ostentatoires… Celui qui ne vit que pour les apparences, pour impressionner les autres, est pauvre à l'intérieur…

(Louis fit quelques pas, et sourit.)

Il y a une chose que j'adorerais aussi, c'est faire peur à ton petit ami, comme tous les pères font quand un homme s'invite chez eux pour leur enlever leur fille chérie. Je me ferais la tête de De Niro dans Le Parrain *et je prendrais une grosse voix : « C'est mon trésor. Respectez-la et soyez fidèle. Faites attention à elle comme à la prunelle de vos yeux et ne la faites jamais pleurer sauf de joie. Parce que je sais où vous habitez. Et j'ai un fusil sous mon lit… »*

Je me souviens la première fois que j'ai rencontré papy François. Il m'a broyé la main et m'a planté son regard acier dans les yeux pendant une éternité. Je me rappelle parfaitement ses premiers mots : « C'est donc vous qui vous croyez assez bien pour sortir avec ma fille ? » J'étais tellement stressé, j'avais la voix qui tremblait, les mains moites, je me disais qu'il devait me prendre pour une mauviette certainement pas de taille à aimer Anna. Puis il a éclaté de rire, et il m'a souhaité la bienvenue dans la famille.

(Louis marqua une pause avec nostalgie. C'était il y a onze ans. Il regarda le mur aux souvenirs et ses yeux se posèrent sur la photo de mariage de sa cousine Séverine.)

Je me rends compte que je ne t'ai parlé que d'un homme. Mais peut-être aimeras-tu une femme... Ma cousine Séverine s'est mariée l'an dernier. Elle a épousé Émilie, son amour d'adolescence...

(Il leva son téléphone et regarda droit dans la caméra.)

Sache que je serai heureux si tu es heureuse. C'est aussi simple que cela.

Quel que soit ton choix, j'ai confiance en toi. Tu sauras reconnaître l'amour véritable.

Je t'aime, ma fille.

47

La sonnerie de la porte retentit. Louis fronça les sourcils. Ils n'attendaient personne. Il se tourna vers Anna qui enduisait un moule à gâteaux de beurre.

— Tu me fais encore une surprise ? demanda-t-il.

— Non !

— Chérie ? Tu as invité Oli et Jo ?

— Non, je t'assure !

Qui ça pouvait bien être à cette heure-ci ? La sonnette recommença, plus insistante.

— Qui est là ? demanda-t-il d'une voix forte.

— C'est nous, monsieur Le Gall, répondirent deux voix juvéniles, un garçon et une fille.

Des voix que Louis connaissait mais sur lesquelles il ne parvint à mettre aucun nom. Il ouvrit la porte et s'exclama de surprise :

— Yasmine ! Hugo ! Mais qu'est-ce que vous faites là ?

Ses deux élèves lui sourirent gênés. Ils hésitaient, ne sachant par où commencer. Yasmine ne pouvait détacher ses yeux de son crâne. Louis leur sourit pour les détendre :

— C'est encore ma remplaçante, c'est ça ? Vous êtes en grève et réclamez mon retour ?

Ils rirent et Hugo se lança, la voix tremblante :

— On voulait vous dire qu'on pense à vous…

— Oh, c'est gentil, bredouilla-t-il. Mais entrez, ne restez pas là.

— On ne veut pas déranger.

— Vous ne dérangez pas, dit Anna en rejoignant Louis dans l'entrée. J'imagine que vous êtes Yasmine et Hugo, c'est ça ?

— Oui, c'est ça. Bonjour madame.

— Louis m'a beaucoup parlé de vous. Vous êtes ses deux élèves préférés !

— Merci. C'est notre professeur préféré aussi, répondit Yasmine en rougissant.

— C'est moi qui vais rougir maintenant ! Entrez, allons nous installer dans le salon !

Les deux adolescents les suivirent et s'assirent sur le bord du canapé, le dos bien droit, les mains posées sur les genoux, comme des premiers de la classe prêts à répondre aux questions de leur maître.

— Vous voulez boire quelque chose ? De l'eau, du jus d'orange, du Coca. Ou du thé.

— Du Coca, répondirent-ils en chœur.

Il y eut un silence. Yasmine jetait des regards curieux sur la décoration du salon, et notamment le mur des souvenirs, comme si elle essayait d'en savoir plus sur son professeur.

— Comment ça va les cours ? Vous êtes prêts pour le brevet ?

— Elle est première de la classe, dit Hugo, admiratif.

— Bravo Yasmine !

— Merci.

— Et toi, Hugo ?

— Ça va.

— C'est-à-dire ?

— J'ai du mal avec les maths.

— Et le français ?

— Il a eu seize à la dernière dissert, répondit fièrement Yasmine.

— Bravo, Hugo, tu vois, le travail paie toujours.

Anna revint de la cuisine et leur tendit les deux verres de Coca.

— Merci, madame.

Elle leur sourit. Elle les trouvait émouvants ces deux adolescents. Elle s'était imaginé Hugo différemment lorsque Louis lui avait dit qu'il s'était réfugié dans le rap après le départ de son père. Avec ses cheveux longs et son blouson de cuir, il ressemblait plutôt à un rockeur. Et elle sentait que Yasmine, derrière son air si sérieux et ses lunettes si sages, n'avait pas conscience de sa beauté et de la femme magnifique qu'elle allait devenir.

— Alors que voulez-vous me dire, ou me demander ?

Ils échangèrent un regard pour décider qui allait parler, et comme souvent, c'est Hugo qui commença.

— C'est au sujet de votre maladie.

— Ma maladie ? Quelle maladie ? Je vais très bien ! fit Louis en souriant.

Ils baissèrent les yeux, gênés. Anna posa sa main sur le bras de Louis.

— Que savez-vous exactement ? demanda-t-elle d'une voix douce.

Hugo se racla la gorge et se tourna vers Louis.

— Vous avez une leucémie. Le proviseur l'a dit à nos parents.

— Et vous savez ce que c'est ?

— Oui, on a regardé sur Wikipédia… dit Yasmine.

Louis hocha la tête et dit avec conviction :

— Alors oui, je suis malade, c'est grave, mais je vais m'en sortir.

— Oui monsieur, on l'espère !

Louis regarda Yasmine avec émotion. Il l'aimait beaucoup cette adolescente. Elle était si brillante, si polie et discrète. Tout le contraire de son grand frère Mohammed qu'il avait eu deux ans plus tôt. C'était un garçon intelligent mais il préférait faire rire ses camarades et jouer au *bad boy* plutôt que suivre en cours. Louis avait remarqué que ce schéma fraternel se reproduisait souvent. Les sœurs étaient plus sérieuses et appliquées que leurs frères, et réussissaient mieux aussi.

Hugo hésita, but une gorgée de Coca, puis se lança :

— Nous avons fait une vidéo pour les réseaux sociaux.

— Une vidéo ?

— Oui.

Hugo lui tendit son smartphone.

— Regardez.

Anna se rapprocha de Louis.

Yasmine et Hugo apparurent face caméra devant la porte d'entrée du collège. Ils brandissaient des feuilles de papier sur lesquelles était écrit le hashtag #unegreffepournotreprof. Louis sentit son ventre se serrer en entendant les premières notes de la BO d'*Inception*, « Time » de Hans Zimmer. Il en manquait tellement de temps. Yasmine prit la parole : « Bonjour, nous avons besoin de vous pour sauver M. Le Gall, notre super prof de français ! » Hugo poursuivit : « Il est atteint d'une leucémie, le cancer du sang et il a besoin d'une greffe de moelle osseuse tout de suite. »

Il y eut une coupe et le plan changea. Elsa, Abou et Kevin étaient dans la salle de classe Albert Camus où Louis avait donné tant de cours : « Il n'y a qu'une chance sur un million pour trouver un donneur compatible. Alors il faut se mobiliser ! » « Inscrivez-vous sur la liste des donneurs. Ça prend cinq minutes et vous pourrez sauver une vie ! » « Celle de notre prof ou celle des six mille malades qui attendent d'être soignés ! »

Anna et Louis pleuraient. Hugo et Yasmine souriaient, les larmes aux yeux en se tenant la main.

Il y eut une nouvelle coupe. Mohammed, le frère de Yasmine, Ahmed et Karim étaient filmés en bas d'une HLM, entourés d'autres jeunes en survêtement et casquette, comme dans un clip de rap : « Nous on est trop jeunes, faut avoir dix-huit ans / Alors allez-y, donnez votre sang ! / Franchement je kiffais ses cours / Même si j'avais que des trois et des quatre / J'avais juste l'esprit un peu court / Alors pour lui on va se battre ! » rappa Mohammed.

Louis esquissa un sourire. Qu'est-ce qu'il en avait bavé avec ce gamin ! Combien de fois avait-il dû le coller à cause de son comportement ? Ça le touchait encore plus de le voir dans cette vidéo, de l'entendre dire ces mots.

La vidéo continua une dizaine de secondes, avec d'anciens élèves. Puis, elle se termina avec une photo de groupe avec le hashtag #unegreffepournotreprof, ainsi qu'une photo de Louis, pâle et chauve, qu'ils avaient récupérée sur son Facebook.

Louis regarda Yasmine puis Hugo, il était bouleversé.

— Je ne sais pas quoi dire… Merci…

Ils lui sourirent :

— Ça ne vous dérange pas ?

— De quoi ?

— La vidéo… On savait pas si vous seriez d'accord.

Ils hésitèrent, Yasmine se mordit la lèvre.

— On l'a mise sur les réseaux.

— Sur les réseaux ?

— Oui. Insta, TikTok, YouTube…

— Mais non !

— Si. Pour trouver un donneur.

— Mais quand ?

— Ce matin. C'est Mohammed, il a pas voulu attendre. Il y a déjà des milliers de vues.

— Des milliers de vues ?

— Oui. Mon frère a un groupe de rap, ils ont plein de *followers*, expliqua Yasmine.

Louis n'en croyait pas ses oreilles. Il regarda Anna qui souriait pleine d'espoir. Ses élèves avaient réussi à mobiliser leurs communautés en quelques heures, là où eux, les adultes, n'avaient eu que quelques centaines de partages en trois semaines. Elle était là leur chance, dans la solidarité et le cœur de ces adolescents.

— Vous pouvez me montrer ?

Hugo fit défiler le fil Instagram de Mohammed. Il y avait des centaines de commentaires, des « partagé » et des « on va le sauver votre prof » par dizaines. Autant de messages d'espoir et d'encouragements à continuer à se battre.

Anna et Louis se remirent à croire au miracle.

9^E MOIS

JUILLET

48

Florence croisait les mains convulsivement. Malgré les sourires et petites blagues de Louis, ça lui faisait tellement mal au cœur de les voir dans cet état, Anna ronde de vie et lui si affaibli. Ce début juillet était si difficile pour lui avec l'effervescence de la fin de l'année scolaire. Ses élèves passaient le brevet et pour la première fois depuis sept ans, il n'était pas là pour les accompagner et les soutenir.

Il se sentait exclu de cette période de chambardement national. À la télévision et à la radio se succédaient les reportages sur l'état d'esprit des collégiens. Certains voyaient le brevet comme une simple formalité, d'autres le redoutaient avec la peur de ne pas passer en seconde. Tous témoignaient de leur impatiencc dc finir les épreuves pour partir en vacances.

Louis aurait tant voulu partager cette excitation. Il aurait tant voulu être parmi ces professeurs et ces élèves et faire partie de la classe des vivants.

Florence sourit à Anna et posa son regard sur son ventre.

— Comment te sens-tu ?

— Grosse. Et maladroite. J'ai l'impression de ne plus diriger mon corps par moments.

— C'est normal. Fais attention dans les escaliers ! Je me souviens être tombée quand j'étais enceinte de Jean. Qu'est-ce que j'ai eu peur ! Heureusement, je suis tombée sur les fesses !

— C'est donc pour ça que t'es un peu retardé ! rit Louis en donnant une petite tape sur l'épaule de Jean.

— Enfoiré ! Avoue que t'aurais été bien triste de pas avoir de petit frère pour t'admirer et t'encourager dans tout ce que tu fais !

— Ou réparer ses conneries ?

— Quelles conneries ?

— Tu veux qu'on parle de voiture par exemple ?

Jean rougit. Florence les regarda l'un après l'autre.

— C'est quoi cette histoire de voiture ?

— Rien, rien.

Jean changea de sujet.

— Et vous avez tout préparé ? La chambre, la valise de maternité ?

— Oui, nous avons enfin fini de la décorer hier. Nous avons mis trois jours à ouvrir tous les cartons, à trier et ranger. Ça fait du bien !

— Regarde, nous avons pris quelques photos.

Louis passa son téléphone à sa mère. Ils avaient opté pour une décoration classique et chic, une association de couleurs rose et gris perle pour les murs et le tapis, et quelques touches de bleu pâle pour les cadres et les coussins. Les meubles, le lit bébé, la commode à langer étaient blancs avec certains éléments en bois.

— C'est très joli, dit Florence.

— Oui, j'aime bien, fit Jean. Elle va être bien votre petite Jade.

Il y eut un silence. Florence se leva, disparut dans la pièce voisine, et revint un paquet de photos de classe dans les mains.

— Regarde ce que j'ai retrouvé, dit-elle en les tendant à Louis. J'ai pensé que ça te ferait plaisir de revoir ça en cette période de brevet et de fin des cours.

— Montre ! s'exclama Anna.

Louis eut un pincement au cœur. C'étaient toutes ses photos de classe depuis la maternelle. On se demande parfois pourquoi on garde ces vieilleries, mais maintenant il savait. Pour qu'elles fassent ressurgir des souvenirs enfouis au plus profond de notre mémoire. Grâce à ces photos, Louis se rappela soudain les noms et les visages de camarades et de professeurs depuis longtemps oubliés. Alice Lantin. François Maleyrac. Brahim Slimani. Éric Cohen. Pierre Ducrocq. Djibril Diawara. Qu'étaient-ils devenus ? Où habitaient-ils désormais ? Quel métier exerçaient-ils ? Avaient-ils des enfants ? Avaient-ils eux aussi connu les affres de la maladie ? Se pouvait-il que certains soient décédés ?

— Quelle tête tu avais ! rigola Anna en découvrant sa coupe au bol en classe de CP.

— C'est maman qui me coupait les cheveux !

— C'était la mode à l'époque, s'excusa Florence.

— Et cette salopette rouge, la classe ! s'écria Jean hilare.

— Je te signale que tu l'as portée aussi, et que c'était ton vêtement préféré !

Louis prit une autre photo, celle de CE1, et il reconnut Elsa Valois au premier rang. Lui était au deuxième, entre Oli et Jo. Elsa Valois, son premier amour. Elle était plus jolie dans son souvenir, elle n'avait pas le visage aussi rond. Et surtout elle n'avait pas ce sourire édenté. Qu'était-elle devenue ? Était-elle mariée ? Avait-elle déjà repensé à lui, à leurs jeux dans la cour ? À ce premier bisou pour faire comme les grands ?

— Qu'est-ce qu'il y a ? demanda Anna en voyant son air songeur.

— Rien.

Jean lui prit la photo des mains et hocha la tête, en riant :

— Ah ah ! C'est Elsa, le premier amour de Loulou !

— Fais voir ! Pourquoi ne m'en as-tu jamais parlé ?

Louis se mit à rougir :

— C'est une histoire de CE1 ! Y a rien à raconter !

— Joli sourire, fit Anna en riant.

Ils se passèrent les photos qui allaient jusqu'en classe de terminale.

— Oh ! C'est Mathieu Bastide, là ? J'avais oublié que t'avais été dans sa classe ! s'écria Jean en désignant un grand brun.

— Oui.

— C'est qui Mathieu Bastide ? demanda Anna.

— Le mec que toutes les filles kiffaient. Il faisait du rugby, c'était le plus costaud du collège. Il joue au Racing maintenant !

Ces années d'école, de collège et lycée lui paraissaient si lointaines. Il avait l'impression de regarder les photos d'un inconnu.

— Et là, c'est celui qui est mort dans un accident ? demanda Jean en désignant un beau garçon aux cheveux longs, le genre d'adolescent ténébreux que les filles aimaient.

— Oui. Ludovic Fournier, dit Louis tristement.

Il se rappelait ce camarade solitaire, toujours en train d'écouter de la musique ou d'écrire. Il avait un côté aussi fascinant qu'étrange.

— Que s'est-il passé ?

— Il a eu un accident de moto, quelques jours après avoir obtenu le permis. Il est tombé d'un pont. J'ai toujours pensé que c'était peut-être un suicide.

Plus Louis regardait ces photos, plus il se demandait si eux aussi se souvenaient de lui. Quelle trace avait-il laissée dans leur mémoire ? Celle d'un bon camarade un peu timide ? Avaient-ils vu sa vidéo sur les réseaux sociaux ? Avaient-ils vu son appel à l'aide ? Si oui, avaient-ils été touchés par sa situation désespérée ? Ou cela les avait-il laissés indifférents ?

Louis serra les dents. Connaîtrait-il les camarades de classe de Jade ? Ses meilleures amies ? Les accueillerait-il chez eux pour dormir une nuit ou un week-end ? Il craignait tant de tout rater de sa vie.

49

Lorsqu'ils rentrèrent, Louis se lança dans l'enregistrement de vidéos pour accompagner les grands moments de la vie scolaire de Jade. Son entrée au CP, au collège et au lycée, son brevet et son bac. Il passa en revue les photos de classe, la 6^e^B, la meilleure.

Je me souviens que j'adorais la rentrée des classes. À la fin de l'été, après deux mois de vacances, j'avais hâte de retrouver les copains, Jo et Oli bien sûr, et tous les autres.

Tu verras ton entrée au collège, ça sera quelque chose ! Un grand jour ! Tu seras une grande fille. Comment te sentiras-tu ? Pressée de retrouver tes amies ? Avec la boule au ventre de ne pas savoir avec qui tu seras en classe ?

Je me rappelle notre entrée en sixième. Nous y étions allés ensemble pour nous donner du courage. Nous avions peur des grands. Le frère de Jo s'était fait racketter par des gars en troisième, ses parents l'avaient changé de collège pour le mettre dans le privé. Jo avait refusé de le suivre, il voulait rester avec nous. C'est ce qu'il nous avait dit. J'ai appris plus tard que ses parents n'avaient pas les moyens de mettre leurs deux fils dans le privé. Ça avait peut-être sauvé notre amitié.

Tu verras, tout est plus grand au collège. La cour, les bâtiments, la cantine…

Je peux te dire que mon cœur battait vite quand ils ont égrené la liste des noms par classe. Olivier Durand… Louis Lomont… J'avais alors été soulagé d'être avec Oli… Je me rappelle que dans le rang que nous formions, nous jetions des regards vers Jo pour le rassurer… Ça va aller… On va être ensemble… Tous les trois ! Jonathan… Oui ? Sarlat… Non… Jonathan… Oui ? Sibierski… Oui !

Ce sont de belles années, les années collège. On crée de belles amitiés. De belles histoires.

(Louis sourit en regardant la photo de classe de 5e. Comment avait-il pu penser que la coupe avec la raie au milieu plaquée au gel extra fort pouvait lui aller ?)

J'essaie d'imaginer comment tu seras à douze ou treize ans… Moi je n'étais pas bien dans mes baskets ado. J'étais complexé, je me trouvais petit, je commençais à avoir de l'acné sur le visage. Je me souviens d'un garçon qui en était couvert, on l'appelait « Calculette géante ». Sache que si tu en as, ça ne durera pas, les boutons disparaîtront vite. Alors ne les gratte pas, ne les perce pas, si tu ne veux pas avoir de marques sur la peau pour le restant de ta vie.

Quel look auras-tu ? Rock comme Jo, Oli et moi avec nos blousons en faux cuir, nos jeans troués et nos cheveux longs ? Gothique avec du maquillage noir et des T-shirts aux inscriptions démoniaques ? Hip-hop ?

(Louis marqua une pause et changea d'idée.)

Seras-tu bonne élève ? C'est important d'avoir de bonnes notes. Si tu travailles bien, tu auras tous les choix devant toi. Tu pourras être ingénieure, architecte, médecin, astronaute, pilote de ligne, ce que tu veux ! Vraiment !

Alors je te conseille de bien suivre en cours : si tu écoutes et prends des notes, tu n'auras pas besoin de réviser beaucoup en rentrant à la maison. Crois-moi. L'attention en classe est une des clés de la réussite, je le vois avec mes élèves. Par exemple, Yasmine a un grand frère, Mohammed. Il a déjà redoublé deux fois et ce n'est pas une question d'intelligence, non. C'est simplement une question de sérieux et de travail : s'il écoutait ne serait-ce que la moitié des cours, il n'en serait pas là… Mais il préfère rapper et faire rire ses camarades…

Et même si tes notes sont moyennes, l'important est que tu puisses choisir une filière qui te plaise et que tu deviennes la meilleure version de toi-même dans ton domaine. Papy Erwan était marin pêcheur et il adorait son métier ! Oncle Philippe qui n'aimait pas l'école avait un magasin de guitares qui marchait du tonnerre. Alors, écoute ton cœur, et fais ce que tu as envie de faire !

(Il prit une autre photo, celle de la 4e D.)

Le collège, c'est aussi une période où les enfants peuvent avoir des paroles ou commettre des actes blessants. Je me rappelle une fille de ma classe, Élodie. C'était la tête de Turc d'un petit groupe de garçons qui prenaient plaisir à la faire souffrir : ils vidaient son sac, lui faisaient des croche-pattes dans les couloirs, lui volaient ses desserts. Elle ne disait rien, elle pleurait. Les garçons étaient trop grands pour qu'on les affronte directement, et ils avaient des frères en troisième et au lycée ; alors avec Jo et Oli, on est allés voir les professeurs et le proviseur. Une semaine après, Élodie avait changé de collège. Je ne sais pas ce qu'elle est devenue, je ne l'ai jamais revue.

Je sais que les enfants et les adolescents peuvent être cruels entre eux. Et que les réseaux sociaux ont amplifié cette cruauté. Les paroles peuvent blesser plus fort qu'un coup, et rester ancrées dans le cœur et l'esprit pour la vie.

Alors si des camarades t'embêtent, se moquent de toi, te disent des choses méchantes, parles-en à maman, à mamies Flo et Do, à Jean, à Jo et Oli.

Je t'aime, ma fille.

50

Les jours passaient et l'espoir diminuait. La vidéo de Hugo et Yasmine avait fait le tour du Web, avec plus de trois cent mille vues, un journaliste du *Parisien* était venu interviewer Louis, des collègues, des cousins, des voisins d'Anna et Louis s'étaient inscrits sur les listes, mais il n'y avait toujours pas de donneur compatible.

« Il faut être patient », répondait toujours le professeur Lévy.

Avec cette tristesse sur le visage, cette gravité dans les yeux, Louis ressemblait de plus en plus aux tableaux de Picasso période bleue. Il multipliait les allers-retours de contrôle à l'hôpital, les transfusions de globules rouges et de plaquettes se succédaient. Ses maux de tête empiraient, il avait encore maigri. Anna pesait désormais un kilo de plus que lui.

— Vous me promettez que je serai là le 24 juillet ? demanda-t-il au médecin.

— Oui, vous serez là.

— Et après ?

— Nous devons attendre un donneur compatible.

— Mais vous avez vu la vidéo de ses élèves sur les réseaux sociaux ! Il y a des milliers de vues, de partages ! s'écria Anna.

— Oui j'ai vu, madame. C'est facile de liker ou partager sur Instagram... Mais c'est beaucoup plus dur de donner sa moelle dans la réalité. Je suis désolé.

Estelle lui sourit quand elle le vit :

— Continuez à vous battre Louis, nous avons un deal, ne l'oubliez pas !

— Je n'oublie pas.

Il regarda son ventre énorme.

— Et vous, quand allez-vous vous arrêter ? Vous n'allez quand même pas accoucher ici !

Elle se mit à rire.

— Nous sommes en sous-effectif, il faut que je reste jusqu'au dernier moment. Mais ne vous inquiétez pas, dans deux semaines, je suis chez moi pour me reposer !

Ils discutèrent de tout et de rien, de sa fille Mia qui avait hâte que son petit frère arrive, de son prochain séjour en Guadeloupe pour les fêtes de fin d'année. « Venez si vous pouvez ! » Elle lui apprit aussi que la jeune femme aux perruques était en rémission, et que l'adolescente au regard grave et émouvant était morte deux semaines plus tôt, faute de donneur. Elle s'appelait Juliette et venait d'avoir dix-sept ans. C'était tellement jeune, tellement injuste.

— Je suis le prochain sur la liste, dit Louis, avec un sourire forcé.

Parfois, le regard de Louis s'éteignait, comme si la vie s'échappait de lui. Alors Anna lui serrait la main un peu plus fort, lui parlait un peu plus vite pour qu'il n'abandonne pas, et il lui souriait.

Dans les moments de désespoir les plus profonds, Louis pouvait annuler un dîner avec sa mère et Jean, ou une répète de JOLA. Car parfois, quand on est vraiment malheureux, on en arrive à refuser de voir ceux qu'on aime le plus au monde, pour qu'ils ne nous voient pas souffrir.

Les rares choses qui redonnaient le sourire à Louis, c'étaient les carnets d'Anna qu'il lisait et relisait sans cesse. Anna avait totalement repris son histoire d'amour *Toi et Moi*. Ce n'était plus leur ambition dévorante, la drogue et les excès qui séparaient les deux héros, mais la maladie et le cancer. Ce roman était pour elle comme une thérapie, une déclaration d'amour à son mari. Anna lui donnait ses feuillets au fur et à mesure de l'écriture, pour qu'il les relise et donnc son avis. Et le soir, ils en discutaient jusque tard dans la nuit.

— Comment ça va se finir ?

— Je ne sais pas encore.

— Elle va mourir, non ? Ça serait plus réaliste.

— Je ne sais pas. Je ne veux pas qu'elle meure. Je veux qu'ils continuent à vivre leur amour, répondit-elle en pleurant.

Les autres moments où Louis oubliait la mort et la maladie, c'était quand il jouait de la musique. Chaque jour, il prenait la guitare que lui avait offerte Anna, et il jouait des arpèges et écrivait des chansons pour elle et pour Jade. Anna le regardait en souriant, les larmes aux yeux et elle fredonnait avec lui ces mélodies qui venaient du cœur.

— Elle bouge, disait-elle, émue, les mains sur le ventre.

— Vraiment ?

— Oui, elle t'entend et elle aime. Beaucoup.

Louis continuait, se disant qu'ainsi Jade se souviendrait de lui, un souvenir enfoui dans son inconscient qui se réveillerait peut-être, un jour, en écoutant de la musique.

En préparant la chambre de leur fille, Louis avait retrouvé son cahier de chansons, un brouillon noirci de son écriture de cochon, comme lui avait dit un jour un prof de philo : « Je ne sais pas comment votre main est reliée à votre tête pour écrire aussi mal, Louis. On dirait qu'elle refuse d'écouter les ordres de votre cerveau. Et c'est bien dommage que votre écriture soit aussi obscure, car vous êtes brillant. »

Louis rejouait les accords : mi mineur, si, do dièse, la… et les airs lui revenaient comme s'il les avait quittés la veille. Si bien qu'au bout de deux semaines, il avait écrit une chanson d'espoir pour Jade : « Chaque nouveau matin / Est une chance dis-toi-le bien / Le monde t'appartient / Ton destin est entre tes mains / Tu peux écrire ta vie / Sans regrets, sans dire et si / Ne baisse jamais les bras / Tes rêves sont devant toi. »

Louis était heureux aussi lorsqu'il répétait avec Jo, Oli et Anna, et qu'il reprenait les morceaux qu'il aimait. La musique était plus forte que le reste, elle l'entraînait, le transportait dans une autre dimension où il n'y avait ni maladie, ni angoisse, ni mort.

Ses yeux brillaient, un sourire éclairait son regard lorsque ses doigts couraient sur le manche de sa guitare. On le sentait vibrer d'une vitalité intacte lorsqu'il chantait les yeux fermés. Il manquait de souffle, ne parvenait pas toujours à tenir les notes ou à finir les phrases, mais ces instants de bonheur étaient ses meilleurs médicaments.

Et puis, un après-midi, Louis s'arrêta brusquement, au milieu du solo final de « Stairway to Heaven » – *l'escalier pour le paradis*, comme un signe du destin.

— Lou ! cria Anna, affolée.

Il était plié en deux, le souffle coupé. Oli se précipita pour l'empêcher de tomber, et lentement, avec l'aide de Jo, ils l'aidèrent à s'asseoir sur l'ampli qui grésillait encore.

— Ça va ?

— Oui, juste un vertige.

— On s'arrête là pour aujourd'hui, OK ?

— Non, c'est rien.

— On s'arrête, t'as besoin de repos, ordonna Anna d'un ton définitif.

— Oui, nous aussi on est épuisés, on n'est plus tout jeunes, se força à rire Jo.

— Et on n'a pas toutes les drogues de Keith Richards pour tenir ! renchérit Oli.

Ils se prirent dans les bras et restèrent un long moment immobiles et silencieux, à écouter leurs cœurs battre, conscients de vivre un des derniers instants du groupe à quatre.

51

Bonjour, Jade,

Je ne sais pas encore si maman te montrera cette vidéo, mais j'ai besoin de parler.

Je suis dans ma chambre d'hôpital. Je la connais par cœur cette chambre, je la hais et je déteste chacun de ses millimètres, chacune de ses ombres, chacun de ses défauts.

Dans quelques minutes, on va me transfuser des plaquettes pour que j'aille mieux et que je sois là pour ta naissance. Le 24 juillet approche à grands pas, et je ne veux pas rater ça.

J'espère que toi tu es dans un endroit que tu aimes. Avec des gens que tu aimes.

Heureusement, je ne suis pas seul ici. Il y a une infirmière qui vient me voir régulièrement. Elle s'appelle Estelle, tu l'aimeras si tu la rencontres un jour. Elle est enceinte comme maman, elle attend un fils, et elle va l'appeler Louis, elle me l'a promis.

(Louis sourit, puis il reprit d'un air grave.)

Tu sais, la perspective de la mort de plus en plus proche me fait réfléchir. À Dieu. À l'au-delà. Je ne suis pas baptisé, je suis athée, comme maman, mais je me pose plein de questions maintenant…

Qu'y a-t-il après la mort ? Un autre monde ? Un paradis pour les hommes de Bien ? Est-ce la réincarnation qui m'attend ? Deviendrai-je un esprit qui veillera sur toi et t'aidera dans tes choix ? Te donnerai-je des réponses à tes interrogations que tu prendras pour des signes du destin ?

J'ai envie d'y croire. J'ai envie de croire que je pourrai t'aider et te guider de là-haut.

(Louis s'arrêta et réfléchit.)

J'ignore si croire en Dieu m'aurait aidé à mieux vivre cette épreuve. J'ignore si penser à Lui m'aurait donné plus de force et de courage quand la douleur est plus aiguë et que l'espoir m'abandonne.

J'ignore si toi, tu croiras en Dieu. Je sais seulement que maman n'y croira jamais si je meurs. En tout cas, moi, maintenant, je me surprends à prier le Ciel. Tous les jours. Je Lui demande de me venir en aide, de trouver un donneur et d'être là pour maman et toi.

Et s'il y a un paradis, un autre monde, je veux en être, je veux vous y attendre. Si ce lieu existe, j'y retrouverai peut-être mamie Katell et papy Erwan. Peut-être y rencontrerai-je mes ancêtres, ces femmes et ces hommes que je n'ai vus qu'en photos noir et blanc.

Peut-être que notre passage sur Terre n'est qu'une étape de notre existence ? Je n'en sais rien. Je sais seulement que je ne veux pas mourir. Pas avant de t'avoir rencontrée. Pas avant de t'avoir prise dans mes bras. Pas avant de t'avoir vue marcher. Pas avant d'avoir entendu tes premiers mots, maman, papa. Pas avant de t'avoir dit au revoir et de t'avoir embrassée une dernière fois.

Je t'aime, ma fille.

(Louis appuya sur « stop ». Il leva les yeux vers le plafond et les murs blancs. Il regarda sa blouse verte. Il réfléchit, hésita. Il ne voulait pas que sa fille le voie dans cet état. Il appuya sur « effacer ».)

52

Bonjour, ma fille,

Maman vient de s'endormir sur la chaise... Regarde comme elle est belle... Tu vois son gros ventre ? Eh bien, c'est toi qui l'arrondis comme ça. Tu vas sortir dans quelques jours à peine, maintenant. Et je serai là pour t'accueillir, le professeur Lévy me l'a assuré. Je suis tellement heureux.

Tu sais, maman ne dort plus beaucoup depuis que je suis malade, mais elle garde sa bonne humeur, son optimisme à toute épreuve...

Heureusement qu'elle est là... Elle est mon pilier, mon phare dans la nuit...

Je la regarde et je réalise que je vais sûrement l'abandonner, et que je vais t'abandonner toi aussi. Maman t'élèvera seule. Comme mamie Flo avec Jean et moi. Elle sera seule pour te réveiller, t'habiller, t'accompagner à l'école. Seule pour t'aider à faire tes devoirs, pour te faire à manger, te raconter des histoires.

Ça ne sera pas facile tous les jours, elle aura sans doute des moments de découragement et elle ne pourra pas se reposer sur moi, me demander de décider pour la soulager, me demander de dire « non » pour elle parce qu'elle n'en a pas la force ce jour-là. À deux c'est plus facile, on peut se répartir les rôles. Un jour c'est toi qui dis non, un autre c'est moi. On trouve un équilibre, on ne concentre pas toute la rancœur de l'enfant sur soi. Alors que là, maman sera seule.

Je réalise que si je ne vis pas de moments de bonheur avec toi, je ne vivrai pas les moments difficiles non plus. On ne s'engueulera jamais tous les deux, on ne vivra jamais d'orages. C'est ta mère qui les affrontera. Car oui, l'amour n'interdit pas les colères, sache-le. Maman te grondera, élèvera la voix, ne sera pas d'accord avec toi, et c'est tout à fait normal. Il faut juste que tu n'oublies pas qu'elle t'aime plus que tout.

Ne deviens pas comme ces ados capricieuses, qui se construisent en opposition à leur mère en les détestant un jour sur deux, selon leur humeur ou la satisfaction de leurs désirs.

(Louis leva les yeux vers la lune énorme qui recouvrait les toits d'une lumière argentée. Elle avait son visage de Pierrot triste, et il eut l'impression un instant qu'elle le regardait.)

Je fais également des vidéos pour maman, dans lesquelles je lui répète que je l'aime à l'infini. Je lui écris des chansons d'amour, des poèmes, aussi. Tu sais ma fille, n'aie jamais peur de paraître trop fleur bleue. Les mots tendres sont des caresses pour ceux qui les lisent et les entendent, alors laisse-les couler de ton cœur. Toujours.

Je t'aime, ma fille.

53

— C'est bien, mon amour, c'est bien ! chuchotait Louis en lui serrant tendrement la main.

Anna criait, poussait, prenait de grandes respirations, suivant les consignes de la sage-femme qui se tenait entre ses cuisses. Son visage était gonflé et rougi par la douleur de l'effort, des mèches de cheveux étaient collées sur son front en sueur.

— Allez, madame ! Continuez !

Par moments, l'une des infirmières jetait un coup d'œil attristé à ce mari maigre et affaibli qui assistait à la naissance de la vie avant de mourir. Toute l'équipe de la maternité était au courant de la situation.

Anna hurlait maintenant, regrettant entre deux contractions d'avoir refusé la péridurale. C'était une souffrance presque continue, avec des secousses brusques, comme si une main lui arrachait le ventre. Elle avait affreusement mal, mais elle savait que le bonheur d'être enfin réunis les attendait au bout de ce supplice.

Soudain, une douleur terrible la traversa, plus longue et aiguë, et l'infirmière s'exclama :

— Ça y est, je vois sa tête ! Continuez à pousser, madame !

Bientôt il y eut un cri, une voix nouvelle et claire s'éleva, et Anna se trouva en un instant délivrée et heureuse. Elle fondit en larmes.

— Votre fille est là ! Et elle va bien !

Louis se redressa pour la voir et il se sentit submergé par une émotion indescriptible, un bouleversement mêlé de joie et de soulagement.

— Vous voulez couper le cordon ? demanda la sage-femme.

Surpris, Louis regarda le cordon qui ressemblait au fil torsadé des vieux téléphones. Il hésita, puis hocha la tête sans un mot, saisit les ciseaux et le coupa d'un seul coup.

— Bravo, monsieur ! Et félicitations à vous ! dit la sage-femme en déposant leur fille sur la poitrine d'Anna.

Anna la prit dans ses bras, elle riait autant qu'elle pleurait, ses yeux allaient de Jade à Louis.

— On a réussi ! On est ensemble ! Tous les trois !

Ils vinrent tous les voir. Florence, Jean, François et Dominique d'abord. Puis Jo et Oli, Capucine et Fred, Estelle et son mari, le professeur Lévy… Ils s'embrassaient, pleuraient, riaient aussi. Ils ne savaient pas quoi dire exactement, on n'est jamais préparé à fêter la naissance d'une petite fille à côté d'un père si proche de la mort. Mais ils étaient heureux : après tous ces mois de doutes et d'angoisses, Anna, Louis et Jade les avaient enfin ces moments de bonheur à trois, et personne ne pourrait les leur reprendre.

54

Voilà, je vais bientôt mourir. Je le sais maintenant, il n'y a plus d'espoir, mais je suis heureux et je me sens chanceux.

J'ai eu le temps de vous parler, vous que j'aime tant, et de tout préparer. Quand je pense à ceux qui meurent brutalement d'un AVC, dans un accident de la route ou dans le crash d'un avion… Ils s'en vont sans dire au revoir. Sans pouvoir serrer celles et ceux qu'ils aiment dans leurs bras. Sans pouvoir dire : ça va aller, je serai toujours là avec vous, de là-haut je vous regarderai.

Alors voilà, c'est mon dernier au revoir. Je voudrais tous vous remercier d'avoir été là dans ce combat, d'avoir été des remparts contre le désespoir. J'ai beaucoup pleuré, souvent baissé les bras, mais grâce à vous, j'y suis arrivé. Alors merci de m'avoir permis de tenir jusqu'à la naissance de Jade. Et merci de m'accompagner dans ma dernière ligne droite, qui durera ce qu'elle durera, mais dont j'aimerai chaque seconde à vos côtés.

La maladie ne m'a pas encore tué. Elle m'a affaibli physiquement, mais elle m'a paradoxalement rendu plus fort. Parce que j'ai compris la valeur de la vie. C'est parce que nous sommes mortels qu'elle est si belle. C'est parce qu'il y a une fin que le voyage est si beau, et qu'il faut le vivre intensément. Alors je cherche la joie, le bonheur dans tout ce que je fais désormais, tout ce que je partage avec vous, chaque minute, chaque seconde…

Merci, mon amour. Merci d'avoir illuminé ma vie, et de m'avoir donné le plus beau cadeau qui soit. Jade est magnifique, elle te ressemble déjà. Je sais que tu seras une mère formidable, la meilleure de toutes, je n'ai aucun doute. Promets-moi de continuer à écrire et d'envoyer ton manuscrit à Mme Belfort. Ton histoire est si belle, si émouvante, elle est à l'image de la vie avec ses rires et ses larmes, ses joies et ses peines. Je t'aime.

Merci, maman pour ton amour, ta tendresse, tout ce que tu as fait pour moi. Tes crêpes et tes kouign-amanns vont me manquer, j'espère que le cuisinier est bon là-haut.

Merci, Jeannot, tu es l'homme de la famille maintenant. Alors prends-toi en main, prends un appart et ne présente à maman que celle que tu conduiras jusqu'à la mairie. Je te donne toutes mes affaires, mes T-shirts rock, mon blouson de cuir, mes vinyles… Il n'y a que mes guitares que je ne te donne pas, elles sont pour Jade.

Merci, François et Dominique. Merci de m'avoir accueilli dans votre famille comme un fils. Nos déjeuners dominicaux vont me manquer. Je suis certain que vous serez de merveilleux grands-parents.

Merci Jo, merci Oli, vous êtes des frères. Je vais m'ennuyer là-haut sans vos conneries ! Continuez à jouer nos chansons avec Anna le plus longtemps possible, jusqu'à ce que Jade soit en âge de vous accompagner !

Je compte sur vos fils pour la protéger comme leur sœur. Et si l'un d'eux conquiert son cœur, je lui donne ma bénédiction. Mais attention, qu'il soit respectueux et fidèle, sinon je vous promets que mon esprit viendra le hanter toute sa vie !

Continuez à fêter mon anniversaire dans la joie et les rires en pensant à moi. Ce sont les souvenirs qui font revivre les hommes.

Et surtout, n'oubliez pas de dire je t'aime et merci à ceux qui vous sont chers. Un simple mot peut réconforter et panser des blessures. Un simple mot peut redonner le sourire, redonner confiance en l'avenir. Alors dites-le.

C'est important d'exprimer l'amour que l'on se porte quand on est vivant. Moi je vous le dis. Merci. Merci d'avoir existé pour moi.

Je vous aime.

DIX-HUIT ANS PLUS TARD

— C'est donc ici que papa a fait sa demande ?

— Oui, juste là. La plage a un peu changé, il n'y avait pas cet hôtel, mais je reconnais les palmiers, je reconnais le rocher.

Jade observe longuement ce paysage de paradis. Ses yeux remontent les rochers et la falaise qui s'avance dans la mer. Elle essaie d'imaginer ses parents vingt-quatre ans plus tôt sur cette plage dorée, leurs voix et leurs rires qui s'élèvent dans le vent. Elle dessine leurs silhouettes sur le sable, leurs pas dans l'eau turquoise, ils sont sublimes dans ce bout du monde idyllique.

— Qu'est-ce qu'il t'a dit ? Raconte-moi.

Anna prend une grande inspiration, comme si elle respirait tout l'air de ce passé radieux, et son regard se perd dans cet horizon qui signifie tant pour eux.

— Nous avions passé une journée magnifique, nous étions arrivés ici par hasard. Nous n'avions jamais parlé de mariage avec ton père.

Elle marque une pause et porte son jus de coco à ses lèvres.

— Nous nous aimions tellement. Ton père et moi, c'était une évidence…

Sa voix se brise de nostalgie. Elle est toujours aussi émue quand elle parle de lui. Son amour est toujours aussi présent malgré le temps qui passe et les éloigne chaque jour un peu plus.

— C'était un coucher de soleil comme celui-ci, mais plus beau encore. Nous étions assis sur le sable, je me rappelle qu'il avait son bras autour de ma taille. Quand le soleil est devenu presque rouge à force d'embrasser le ciel et la mer, il m'a dit (elle ferme les yeux, et entend sa voix prononcer ces quelques mots par-dessus la mélodie des vagues) : « Je t'aime, mon amour. Je veux passer chaque jour et chaque nuit de ma vie à tes côtés. Veux-tu m'épouser ? »

Du coin de l'œil, Jade observe Anna qui reste silencieuse, le regard dans les vagues. Toutes ces années durant, Jade s'est dit qu'un jour arriverait où son cœur se remettrait à battre pour un autre. Elle s'est préparée avec angoisse au moment où sa mère lui présenterait un homme et le ramènerait à la maison. Comme les mères veuves ou séparées de ses amies. Mais ce jour n'est jamais venu.

Pourtant, elle a surpris des messages dans son téléphone, les prénoms résonnent encore douloureusement, Adrien et Vincent, mais elle n'est jamais allée plus loin. Elle est toujours restée fidèle à la mémoire de Louis.

Jade prend Anna dans ses bras. Elle pense à son père, à ses vidéos que sa mère lui a montrées aux moments-clés de son existence, comme Louis le souhaitait. Elle repense à ses mots qui l'ont accompagnée pendant toutes ces années. Ses phrases qu'elle a écoutées en boucle dès qu'elle en avait besoin. Ses conseils qui l'ont aidée à grandir, à prendre confiance en elle, à faire les bons choix et à devenir cette jeune femme sûre d'elle et de son avenir.

C'est grâce à lui qu'elle a attendu le bon moment pour sa première fois avec Florian, son petit ami depuis la classe de seconde.

C'est grâce à lui qu'elle sait qu'elle sera cancérologue pour permettre aux malades de continuer à espérer, aimer et rêver le plus longtemps possible.

C'est grâce à lui qu'elle est passionnée de musique, qu'elle a appris la guitare et a formé un groupe avec les jumeaux de Jo.

C'est grâce à lui que sa mère est devenue une auteure à succès.

Maman hésitait à envoyer son roman à Mme Belfort. J'avais beau lui dire qu'il était magnifique, elle doutait. Elle ne croyait pas assez en elle, alors j'y ai cru pour deux. Je l'ai envoyé sans le lui dire. Et le fils de Mme Belfort l'a appelée deux semaines plus tard. Il l'avait adoré et voulait le publier.

Jade repense à la vidéo de son père pour ses dix-huit ans. Il portait un chapeau de carnaval et avait jeté des cotillons sur la caméra. Devant lui, il y avait un gâteau au chocolat avec les chiffres un et huit en bougies. Il avait commencé à chanter.

Joyeux anniversaire, joyeux anniversaire, ma fille… On est le 24 juillet 2037. Ça me paraît tellement irréel. 2037, j'ai l'impression d'être dans un film de science-fiction. Alors, ça y est ! Tu as dix-huit ans. Tu es majeure maintenant. Une adulte. Ça te fait quoi ? Tu es heureuse ? Tu attendais ce moment avec impatience ?

À partir d'aujourd'hui, tu peux voler de tes propres ailes si tu le souhaites. Tu as tous les droits ! Tu peux passer ton permis, voter… Tu peux travailler, louer un studio…

Qu'as-tu demandé comme cadeau ? Tu vas faire une grande fête ? Pour mes dix-huit ans, mamie Flo m'avait laissé l'appartement pour célébrer ce grand jour avec mes amis. Nous étions une vingtaine. Il y avait Jean, Jo et Oli bien sûr, et d'autres camarades de classe. Je ne me souviens plus de tout le monde, ça me paraît si loin !

J'étais tellement heureux d'être un homme, un adulte enfin ! J'avais l'impression que j'avais changé physiquement pendant la nuit.

(Louis sourit au souvenir qui lui revenait.)

Je ne devrais pas te le dire, mais je ne me rappelle même pas la fin de la soirée. J'avais beaucoup bu, beaucoup trinqué. Du champagne, de la vodka, du whisky… Plein de mélanges… J'ai été malade toute la nuit.

Alors fais attention à toi, sois raisonnable. L'alcool, c'est avec modération !

Et chante, ris, danse avec tes amis. Fais l'amour si tu le souhaites avec celui ou celle qui fait battre ton cœur.

Et profite de ce moment unique. Car il est précieux : on n'a qu'une fois dix-huit ans !

Je te souhaite encore un bon anniversaire, ma fille.

Je t'aime.

Jade se souvient de la dernière vidéo enregistrée par son père. De la douceur de sa voix, de son calme. Il semblait si serein face à la mort.

Anna a attendu qu'elle ait seize ans pour la lui montrer. Elle trouvait qu'elle était trop jeune avant. « C'est beau mais c'est dur », l'avait-elle prévenue avant d'appuyer sur « play ».

Louis était allongé sur son lit d'hôpital. Il était pâle, très affaibli, il savait que c'était la fin mais il souriait.

La vie est tellement pleine de surprises, ma fille. J'étais persuadé que j'allais mourir juste après ta naissance. Mais le miracle est arrivé. Nous avons trouvé un donneur en France deux jours après tes premiers cris. Je suis persuadé que c'est grâce à la vidéo de mes élèves. Maman est toujours en contact avec eux. J'aimerais que tu les rencontres un jour, Yasmine et Hugo…

Jade repense au clip de mobilisation, et à leurs sourires quand elle les a vus pour la première fois.

Elle ne les aurait sans doute pas reconnus, ils avaient vieilli, Hugo avait perdu ses cheveux, et Yasmine ne portait plus de lunettes, elle était encore plus belle, plus épanouie, plus affirmée. Ils avaient deux filles, Nadia et Emma. « On a longtemps hésité avec le prénom Jade. »

Yasmine était avocate, Hugo professeur de français. « Comme ton père. J'ai compris pourquoi on lit les classiques maintenant », avait-il dit en souriant. « Mais j'étudie aussi des chansons, des textes de rap et de slam avec mes élèves. » Ils avaient évoqué leurs souvenirs de classe, les auteurs que Louis leur enseignait. À les entendre, c'était un excellent pédagogue, un passeur de savoirs qui donnait envie d'apprendre toujours plus, d'élargir ses horizons culturels et littéraires. Jade les écoutait et elle était fière.

Jade embrasse sa mère sur la joue.

Il a fallu faire vite, réaliser la greffe en urgence. Je ne remercierai jamais assez le professeur Lévy et son équipe. C'est à eux que je dois mon sursis. Et à ce donneur anonyme. Qui est-il ? Je ne le saurai jamais. C'est grâce à lui que nous avons pu vivre ces merveilleux moments tous les trois.

C'est grâce à lui que j'ai pu assister à tes premiers pas, entendre tes premiers mots, maman, papa, ou papa, maman, on n'est pas d'accord sur le premier que tu as prononcé.

C'est grâce à lui que j'ai pu t'accompagner fièrement à la crèche, puis à la maternelle.

C'est grâce à lui que nous avons pu nous rendre tous les trois dans la maison de Paimpol, marcher ensemble sur les plages de mon enfance.

C'est grâce à lui que nous avons pu jouer dans les vagues et que j'ai pu te porter sur mes épaules pour te faire voir le monde de plus haut, comme je te l'avais promis.

Nous avons tout filmé, tout photographié pour nous souvenir toute notre vie de ces moments.

Ces trois années ont été magnifiques. Un bonheur absolu, suspendu, hors du temps.

Le cœur de Jade se serre en se remémorant ses dernières phrases :

La maladie est malheureusement revenue, et je sais qu'il n'y aura pas de miracle cette fois-ci.

Mais souviens-toi, ma fille. Quand tu as besoin de moi, regarde le ciel. Par-delà les nuages, je te souris et je veille sur toi. Toujours.

Je t'aime.

Et tandis que le soleil disparaît peu à peu dans l'océan, dans des teintes roses et orangées, Jade prend sa mère dans ses bras, et elles sourient, en pensant à Louis qui n'a jamais cessé de vivre dans leur cœur et leur esprit.

Remerciements

À ma mère qui m'encourage et me relit depuis que je suis enfant

À mon père qui m'a porté sur ses épaules et fait voir le monde de plus haut

À Dita pour son temps et son soutien sans faille

À mes grands-parents qui m'ont transmis le goût des livres

Et un immense merci à vous qui venez de me lire.

En attendant de vous rencontrer, rejoignez-moi sur les réseaux sociaux, je serai heureux d'échanger avec vous.

Collection « Instants suspendus » aux éditions Archipoche

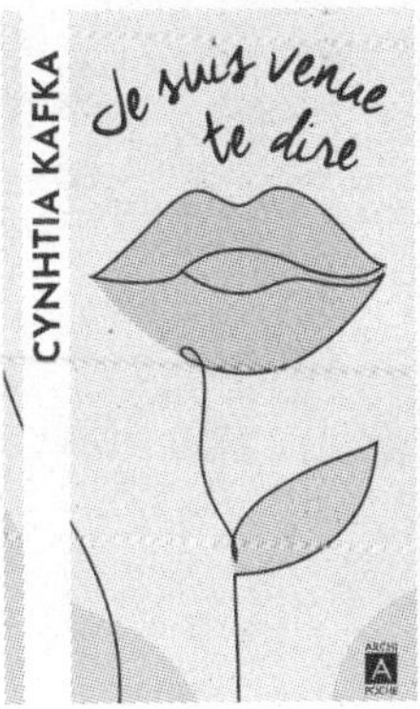

Cet ouvrage a été composé
par Atlant'Communication au Bernard (Vendée)

Impression réalisée par
CPI France
en février 2023
pour le compte des Éditions Archipoche

#lisez! engagé
www.lisez.com
Pour plus d'information :
Imprimé sur du papier issu de forêts gérées durablement.

Imprimé en France
N° d'édition : 9
N° d'impression : 3051609
Dépôt légal : mars 2023